N&K

Jim Heynen

Geschichten über die Jungs

Roman

Aus dem Englischen von
Dirk van Gunsteren

Nagel & Kimche

Für Emily und Geoffrey

Erster Teil

Mit Hühnern tanzen

Was beim Eisregen geschah

In einem Winter gab es einen Eisregen. Wie schön!, sagten die Leute, als draußen alles zu glitzern begann. Aber der Eisregen hörte nicht auf. Äste schimmerten wie Glas. Dann brachen sie wie Glas. Die Eisschicht auf den Fenstern wurde immer dicker, bis alles ganz verschwommen aussah. Die Farmer brachten ihr Vieh in die Ställe, und damit waren die meisten Tiere in Sicherheit. Die Fasanen allerdings nicht. Ihnen froren die Augenlider zu.

Manche Farmer nahmen Knüppel und fuhren auf Schlittschuhen die Feldwege entlang, um Fasanen zu ernten, die hilflos rechts und links in den Gräben saßen. Auch die Jungs gingen hinaus in den Eisregen und suchten Fasanen. An einem Zaun entdeckten sie dunkle Flecke. Das waren Fasanen. Fünf oder sechs. Die Jungs pirschten sich langsam voran, um nicht durch die Eisschicht auf dem Schnee zu brechen. Sie kamen ganz nah an die Fasanen heran. Die Fasanen zogen die Köpfe zwischen ihre Flügel. Sie wussten nicht, wie leicht sie dort, wo sie sich zusammenkauerten, zu entdecken waren.

Die Jungs standen im Eisregen da. Ihr Atem trieb in langsamen Dampfwolken durch die Luft. Der Atem der Fasanen trieb in schnellen, kleinen weißen Wölkchen durch die Luft. Einer von ihnen hob den Kopf und wandte ihn hin und her, aber er trug eine Augenbinde aus Eis und flog nicht davon.

Die Jungs hatten weder Knüppel noch Säcke mitgenommen – nur sich selbst. Sie standen bei den Fasanen, wandten ihrerseits die Köpfe hin und her und sahen einander an, weil jeder darauf wartete, dass einer etwas tat. Dass einer auf die Fasanen zusprang oder Peng! rief. Überall ringsum schimmerte und tropfte der Eisregen. Der Stacheldrahtzaun war mit Eis überzogen. Die Zaunpfosten. Die abgebrochenen Grashalme. Selbst die Grassamen. Sie sahen aus wie kleine Eidotter in erstarrtem Eiweiß. Und die Fasanen sahen aus wie ungeschlüpfte Vögel in einer Hülle aus Eiweiß. Auf den Mützen und Jacken der Jungs fror der Regen zu Eis. Bald würden auch sie mit einer Eisschicht überzogen sein.

Dann sagte einer der Jungs: Pst! Er zog seine Jacke aus, und als er aus den Ärmeln fuhr, splitterte das dünne Eis in kleinen Stücken ab. Innen aber war die Jacke trocken und warm. Er breitete sie so über zwei der kauernden Fasanen, dass sich der Rücken der Jacke wie eine Muschelschale über die Vögel wölbte. Die anderen Jungs taten dasselbe. Sie deckten alle hilflosen Fasanen zu. Die kleinen grauen Hennen und die größeren braunen Hähne. Die Jungs spürten, dass der Regen ihre Hemden durchweichte und gefror. Sie rannten mit unsicheren Schritten über die spiegelglatten Felder. Das Eis klebte an ihrer Haut, als sie auf die verschwommenen Lichter des Hauses zueilten.

Die junge Kuh und ihr erstes Kalb

Die junge Kuh versuchte, ihr erstes Kalb zur Welt zu bringen. Sie lag im Stall, warf den Kopf hin und her, keuchte und schnaufte und machte die Beine steif, aber es ging nicht weiter.

Die Jungs standen hinter ihr und warteten darauf, dass die Vorderhufe und dazwischen die Zunge und dann die Nase auftauchten. Sie hatten schon vielen Kälbern auf die Welt geholfen, indem sie die Vorderbeine gepackt und gezogen hatten, wenn die Kuh presste – einmal, als es zu lange gedauert hatte, sogar mit einem Flaschenzug.

Aber diesmal war es anders. Es kamen keine Füße, an denen man hätte ziehen oder ein Seil festbinden können. Wenn die Kuh presste, konnte man ein Stück Kalb sehen – es war ein schwarzweißes Holstein-Kalb –, aber keine Vorderbeine. Sie konnten nicht mit Sicherheit sagen, welcher Teil des Kalbs durch die kleine Öffnung in der Kuh zu sehen war.

Nach ein paar Stunden versuchten die Männer sich darüber klar zu werden, was zu tun sei. Einer von ihnen hatte kleine Hände und schob den Arm in die Kuh, als sie nicht presste. Auch er war ratlos. Alles war verquer, und nichts war so, wie es sein sollte, wenn ein Kalb geboren wird. Ein Huf zeigte nach oben zum Rückgrat der Kuh, aber der Mann mit den kleinen Händen konnte ihn nicht bewegen.

Kurz darauf sah es so aus, als würde die Kuh bald sterben. Sie presste nicht mehr, sondern lag nur da und wartete darauf, dass die Männer etwas taten.

Das Kalb will nicht auf die Welt kommen!, rief der Mann mit den kleinen Händen und zerrte so fest er konnte an den verkeilten Gliedern. Dann nahm er ein Klappmesser und fing an, das Kalb in Stücke zu schneiden und herauszuziehen.

Wir werden hier gleich zwei tote Tiere haben, wenn ich es nicht raushole, sagte er. Er beeilte sich, schnitt mit dem Messer die Teile ab, die quer lagen, zog sie heraus und steckte sie in einen Futtersack, den die anderen Männer geholt hatten. Als alle quer liegenden Teile abgeschnitten waren, glitt der Rest heraus wie ein Eidotter und wurde von den Männern ebenfalls in den Sack gesteckt. Sobald die Kuh wieder bei Kräften zu sein schien, gingen die Männer ins Haus, um Kaffee zu trinken.

Die Jungs blieben noch bei der Kuh und warteten auf die Nachgeburt. Doch stattdessen presste die Kuh einmal, und es erschien der Kopf eines zweiten Kalbs. Die Jungen packten seine Vorderbeine und zogen. Dieses Kalb kam so schnell heraus, dass die beiden Jungen hintenüber fielen und das Kalb auf ihrem Schoß landete. Die Jungs lachten, als sie ein Kalb sahen, das nicht in Stücke geschnitten war. Sie rieben es mit Stroh ab und ließen es an ihren Fingern saugen. Es war ein gesundes Kalb, und sie führten es zu den Zitzen der Kuh. Es fing gleich an zu trinken. Es war hungrig, weil es die ganze Zeit hatte warten müssen, bis es herauskommen konnte.

Als das neue Kalb sich satt getrunken hatte, beschlossen die Jungs, den Männern einen Streich zu spielen. Sie trugen das Kalb hinaus und riefen: Seht mal! Seht mal! Einer von ihnen hatte den blutverschmierten Sack hinter dem Stall ausgeleert und schwenkte ihn, damit die Männer sehen konnten, dass er leer war.

Die Männer kamen aus dem Haus gerannt, um zu sehen, was los war, und einer der Jungs sagte: Wir haben beschlossen, das Kalb wieder zusammenzusetzen!

Er stellte das neugeborene Kalb ab, und es ging geradewegs auf die Männer zu.

Wetten, du traust dich nicht?

Es war riskant, diesen Jungen zu irgendetwas heraus-
zufordern, weil er es dann sofort tat.

Wetten, du traust dich nicht, dich mit den Füßen
nach oben an den Turm vom Windrad zu hängen?

Er ging hin und tat es, ohne mit der Wimper zu
zucken. Er hing da, bis sein Gesicht blau anlief und die
anderen Jungs ihm zuriefen, er solle bitte wieder run-
terkommen.

Wetten, du traust dich nicht, dir den ganzen Hamburger auf einmal in den Mund zu stopfen?

Er stopfte sich das ganze Ding in den Mund, mit
Zwiebeln und Gurken und allem. Er hatte den Mund
so voll, dass seine Augen tränten, und er nahm sich
einen zweiten Hamburger und wollte ihn auch noch
reinschieben, aber einer der Jungs sagte: Nein, tu das
nicht, du wirst noch ersticken.

Wetten, du traust dich nicht, einen lebenden Regen-
wurm zu essen?

Er suchte sich einen großen, und er schluckte ihn
nicht schnell herunter wie bittere Medizin. Nein, er
saugte ihn langsam rein wie eine lange, lebende Spa-
ghettinudel, bis einige der Jungs an den Worten, mit
denen sie ihn herausgefordert hatten, zu würgen
begannen.

Dann kam einer der großen Jungs – er musste lange
darüber nachgedacht haben, denn er sagte es, als viele
andere dabei waren – und sagte: Wetten, dass du dich
nicht traust, dich hinzuknien und von der Kuh da
Milch zu trinken, ohne deine Hände zu gebrauchen?

Nur mit deinem Mund. Wetten, du traust dich nicht? Und du musst ein bisschen davon runterschlucken.

Es war eine alte, brave Kuh, die in einer Box angebunden war und wiederkäute. Sie war so gutmütig, dass sie wahrscheinlich nicht mal nach einer Klapperschlange getreten hätte, geschweige denn nach einem Jungen, der auf den Knien lag und den Mund aufsperrte.

Der Junge sah die Kuh an und sagte nichts. Irgendwas an dieser Herausforderung ließ ihn eine Weile nachdenken. Dann holte er tief Luft, ging in die Knie und tat, was sie gesagt hatten: Er kniete und gebrauchte nur seinen Mund, um an die Milch zu kommen.

Die Kuh wandte sich in ihrer Box um und sah ihn an. Sie hatte so etwas wahrscheinlich noch nie erlebt. Aber sie trat nicht nach ihm.

Der Junge stand auf. Seine Backen waren voller Milch.

Schlucken!, schrie ein Junge.

Er nahm einen großen Schluck und spuckte den Rest der warmen Kuhmilch nach dem Jungen, der das gesagt hatte.

Und? Wie hat's geschmeckt? Wie hat's geschmeckt?, fragte ihn ein anderer, um ihn zu ärgern.

Genau wie immer, sagte er. Kein Unterschied.

Frühjahrsgras

Im Frühjahr, wenn die Kühe wieder auf die Weide durften und das frische junge Gras fraßen, schmeckte die Milch anders. Aber das war noch nicht alles. Vom Frühjahrsgras bekamen sie Durchfall.

Das war kein Problem, solange die Kühe auf der Weide waren. Aber wenn sie in ihren Boxen standen, konnte es für einen, der hinter ihnen vorbeiging, gefährlich sein.

Einer der Jungs ging mit einem vollen Eimer Milch hinter einer Kuh vorbei, als sie hustete. Die dünne Kuhscheiße traf ihn wie ein Schlag ins Gesicht. Und sie spritzte auf seine Kleider und in den Eimer, den er trug.

Die anderen Jungs hörten das Klatschen, und als sie ihn sahen, zeigten sie mit den Fingern auf ihn und lachten. Also wischte er sich ab, um zu beweisen, dass er nicht zimperlich war, und goss die Milch durch das Sieb in die große Kanne zu der anderen Milch.

Die anderen waren erstaunt und sagten: Aber das gibt doch bestimmt eine schlechte Bewertung von der Molkerei.

Ist mir egal, sagte der Junge, der die Scheiße ins Gesicht gekriegt hatte.

Der Qualitätsbericht bestand aus einem Stück Papier, an dem ein kleines, rundes Stück Stoff festgeheftet war, das zeigte, wie sauber oder verschmutzt die Milch gewesen war, und unter dem Stoff stand die Bewertung für die vergangene Woche. Beim nächsten Qualitätsbericht war der weiße Stoff nicht ganz weiß, aber die Bewertung lautete DURCHSCHNITTLICH.

Darüber mussten die Jungs lachen.

Was meint ihr, was aus der grünen Milch geworden ist?

Einer malte sich aus, dass ein alter Mann sie in seinen Tee gegossen hatte. Ein anderer glaubte, man habe sie zu grünem Käse verarbeitet. Aber am besten gefiel ihnen die Vorstellung, dass man daraus Eiscreme für die Leute in der Stadt gemacht hatte.

Die Jungs saßen im Kreis und lachten stundenlang über all die Stadtkinder, die jetzt diese Frühjahrsgras-Eiscreme aßen und über die Bauernkinder lachten, die nach Kuhscheiße stanken.

Big Bull

Als er geboren wurde, war er ein ganz normales Hereford-Kalb. Nur freundlicher als die meisten. Die Jungs mochten ihn von Anfang an und verbrachten mehr Zeit damit, ihn zu bürsten und mit ihm zu spielen, als bei anderen Kälbern.

Wenn die Jungs in den Stall gingen, riefen sie: Komm her, Little Bull, und dann kam er angerannt und rieb seine Nase an ihren Gesichtern und versuchte an ihren Ohren zu lecken. Die Jungs kitzelten ihn und rauften mit ihm, bis er vom Spielen genug hatte. Dann kraulten sie ihm den weißen Kopf und ließen ihn aus der Hand fressen. Er wuchs sehr schnell. Bald war er groß genug, um hinaus ins Viehgatter zu dürfen, wo die Jungs auf ihm von einem Ende zum anderen ritten. Doch eines Tages drehte sich Little Bull, nachdem er einen von ihnen mit einem übermütigen Sprung abgeworfen hatte, mit gesenktem Kopf um und scharrte mit den Vorderhufen. Vielleicht wollte er noch immer bloß spielen. Aber vielleicht wurde er jetzt auch gefährlich. Das war der Tag, an dem die Jungs Little Bull in Bull umtauften.

Die Jungs wussten, dass die Männer Bull verkaufen würden, wenn sie glaubten, er werde gefährlich. Also sorgten sie dafür, dass er gutmütig blieb, indem sie Maisschrot und Melasse mischten. Jedes Mal wenn er ein bisschen wild wurde, brachten sie ihm einen Eimer davon. Das leckere Futter machte ihn immer friedlich und zufrieden.

Aber er wurde davon auch größer. Viel größer. Bald war er groß genug, um Kühe zu bespringen, und die Männer fanden, dass er ein schöner Bulle war. Sie glaubten, dass die Kälber von einem so großen, schönen Bullen robust, friedfertig und stark sein würden. Die Jungs spielten weiter mit ihm und fütterten ihn, damit er gutmütig blieb. Er ging jetzt nur gemächlich, wenn die Jungs auf ihm ritten, aber er genoss noch immer die Aufmerksamkeit. Es dauerte nicht lange, und er wurde fett. Wenn er eine Kuh besprang, bog sich ihr Rücken durch wie der Ast eines Kirschbaums mit einer Schaukel, auf der zu viele Jungen saßen. Bald war es so weit, dass er kaum noch sein Kinn auf den Rücken einer Kuh kriegen konnte, geschweige denn seine Vorderbeine. Er ließ seinen Schwanz hin und her schwingen, wenn er die Jungs kommen sah – anders schien er seine Zuneigung nicht zeigen zu können.

Das war der Zeitpunkt, wo die Männer sagten: Wir müssen ihn verkaufen. Er ist so nutzlos wie Brustwarzen an einem Eber.

Aber das war noch nicht das Ende von Big Bull. Als der Viehtransporter kam, um ihn zu holen, war er zu groß für die Ladeluke.

Die Jungs dachten, sie und Big Bull hätten vielleicht doch noch Glück, aber an diesem Tag waren die Männer sehr schlau, und ihnen fiel ein, sie könnten Big Bull doch mit dem Heuaufzug hochziehen, sodass der Lastwagen darunter fahren konnte. Der Heuaufzug bestand aus drei dicken Seilen, deren Enden an Ringen befestigt waren, sodass das Ganze aussah wie eine Hängematte. Man schichtete Heu auf die drei Schlingen und zog es mit einem Seil zu der breiten Heuluke unter dem Ladebaum im Giebel der Scheune. So konnte man mit Hilfe von Pferden große Mengen Heu auf den Heuboden schaffen.

Also sagten die Männer den Jungs, sie sollten Big Bull mit ihrem Eimer voll Maisschrot und Melasse vor die Scheune führen. Was sie nicht ahnten, war, dass Big Bull, als sich die Seile um seinen Bauch strafften, einen sehr lauten Schrei ausstieß. Der erschreckte die Pferde so, dass sie durchgehen wollten. Und das wiederum ließ Big Bull zwölf Meter senkrecht in die Luft schießen wie ein Jo-Jo. Die Männer brachten die Pferde zum Stehen, aber da hing Big Bull schon mitten in der Scheune, zehn Meter über dem Heuboden. Es gab keine Möglichkeit, ihn wieder herauszuziehen, weil das einzige Seil, das an den Schlingen befestigt war, das Slipseil war. Die Männer ließen die Pferde langsam rückwärts gehen, bis Big Bull auf dem Heuboden stand. Der einzige Ausgang waren jetzt die kleinen Luken im Heuboden, durch die man auf Leitern hinaufklettern konnte.

Der Lastwagenfahrer fuhr heim und versprach, niemandem was davon zu erzählen. Die Männer schlossen die Heuluke und brachten die Pferde in den Stall. Die Jungs gaben Big Bull einen Eimer voll Maisschrot und Melasse, damit er sich wohl fühlte. Innerhalb von ein paar Minuten sah alles wieder ganz normal aus. Jedenfalls von außen.

Wir schlachten ihn einfach da oben, sagte einer der Männer, und keiner braucht was davon zu erfahren.

Aber einer der Jungs sagte: Warum erzählen wir den Leuten nicht, dass Big Bull auf den Heuboden geklettert ist?

Zuerst sagten die Männer nein, aber dann sahen sie sich an, grinsten und fingen an zu lachen. Und sie lachten noch mehr, als sie sich die Gesichter der Leute vorstellten.

Und so fuhren die Männer und die Jungs zur Auktionshalle, wo alle herumstanden und redeten. Ihr kennt doch unseren großen Bullen? Also, das Viech ist doch glatt auf den Heuboden geklettert.

Natürlich nahm ihnen diese Geschichte keiner ab. Aber dann fingen die Männer an, Wetten abzuschließen, und da fingen die Leute an, sich dafür zu interessieren. Die Jungs zupften Big Bull ein paar Haare aus und klemmten sie in die Ritzen der Bretter neben einer der Luken, damit es so aussah, als wäre dies die Öffnung, durch die er sich auf den Heuboden gezwängt hatte. Sie lockerten ein paar Leitersprossen, damit es so aussah, als wäre die Leiter unter seinem Gewicht fast zusammengebrochen.

Nach ein paar Tagen kamen Leute aus dem ganzen Landkreis, um sich den großen Bullen anzusehen, der auf den Heuboden geklettert war. Die Geschichte kam in die örtliche Zeitung und wurde auch in Ripleys «Ob Sie's glauben oder nicht!» abgedruckt. Manche Familien brachten Picknickkörbe mit und verbanden ihren Besuch bei Big Bull mit einem kleinen Ausflug.

Big Bull stand ruhig mitten auf dem Heuboden. Er bewegte sich nicht viel, aber mit all dieser Aufmerksamkeit, die ihm zuteil wurde, sah er zufriedener aus als je zuvor: all diese Leute, die kamen, um ihn zu füttern, zu streicheln und zu bewundern. Es war ja auch kein Wunder. Er war schon immer ein freundliches Tier gewesen.

Blähungen und was man dagegen tun kann

Eines Nachts brachen die Kühe durch den Zaun und gingen in das Luzernenfeld. Am nächsten Morgen lagen sie aufgebläht da. Ihre Bäuche waren gewölbt, und das Haar darauf sah aus wie Gras auf einem steilen Hügel.

Die Nachbarn kamen mit ihren Mittelchen. Einer hatte eine Kanüle, die er den Kühen in den Pansen stieß, damit die Luft entweichen konnte. Ein anderer kam mit einem eingefetteten Schlauch, den er ihnen in den After schob. Ein dritter ließ die kranken Kühe eine Mischung aus Soda und Seife schlucken.

Nachdem die Jungs den Männern bei ihrer Arbeit an den aufgeblähten Kühen eine Weile zugesehen hatten, wollten sie ihnen helfen. Doch die Männer ließen sie nur an die Kühe, die sie selbst schon aufgegeben hatten. Einer der Jungs zog sie am Schwanz. Ein anderer zog ihnen die Zunge heraus. Die anderen sprangen auf ihren dicken Leibern herum und kämpften um einen Platz ganz oben. Sie sprangen auf ihnen herum. Sie traten sie mit den Füßen.

Die Männer zeigten auf sie und lachten über ihre nutzlosen Anstrengungen. Aber dann explodierte eine Kuh: Sie rülpste und furzte große, heiße Wolken aus Luzernengas, und dann kam wieder Leben in sie. Sie sprang auf, machte einen Satz und warf einen der Jungs ab. Dann stand sie zitternd da und sah ganz verwirrt aus. Sie ließ sich von den Jungs den Rücken streicheln und hinter den Ohren kraulen.

Die Jungs und die Kuh standen eine Weile da und sahen sich an. Die Jungs hätten vor Freude über diese Auferstehung fast geweint. Aber dann sagten ihnen die Männer, sie sollten hineingehen und sich waschen, damit sie in der Schule nicht nach Kuh rochen.

Tauben fangen

Irgendjemand kaufte Tauben für vierzig Cents das Stück. Warum bezahlt einer so viel für eine blöde Taube?, fragten sich die Männer. Keiner wusste es genau, aber einer sagte was von reichen Texanern, die statt auf Tontauben lieber auf lebende Tauben schossen.

Den Jungs war das egal. Vierzig Cents war das Doppelte von dem, was sie für ein Paar Taschenrattenpfoten bekamen, und Tauben fangen machte sicher mehr Spaß als Taschenratten fangen.

Auf unserem Heuboden sind bestimmt für zwanzig Dollar Tauben, sagte der älteste Junge. Und dann noch all die Scheunen der Nachbarn.

Und was ist, wenn uns die Tauben ausgehen, bevor wir reich sind?, fragte ein anderer. Das war eine gute Frage, und so beschlossen die Jungs, hier und da ein paar Tauben als Zuchtexemplare übrig zu lassen, damit sie immer eine feste Einnahmequelle hätten.

Sie stöberten ein paar grob gewebte Säcke auf, in denen die Tauben noch Luft bekommen würden, und machten sich gleich an die Arbeit.

Einige Jungs kletterten an dem Seil entlang, das quer durch den Dachstuhl der Scheune gespannt war und mit dem das Heu in den Heuboden gezogen wurde. So konnten sie sich gerade unterhalb des Dachs entlangschieben und ein paar Tauben unter dem Firstbalken und alle, die sich auf dem Seil niederließen, fangen.

Alles funktionierte gut, bis die Jungs auf dem Seil anfingen, die Tauben zu fangen. Der Plan war, sie zu den anderen hinunterzuwerfen, die mit den Säcken auf dem Heuboden standen. Doch die Entfernung war zu groß. Jedes Mal, wenn eine Taube schon fast in den Händen des Jungen dort unten war, schlug sie mit den Flügeln und flog davon.

Schließlich rief einer der Jungs mit den Säcken: Bindet ihnen doch die Flügel fest und schnippt sie uns runter.

Runterschnippen?, fragte einer der Jungs auf dem Seil.

Und das war das Ende der Taubenjagd. Das Seil schwang vor Gelächter hin und her. Lachende Jungen fielen ins Heu. Lachende Jungen krochen mit ihren Säcken zu den Tauben hinauf und wollten die Hände nach ihnen ausstrecken, mussten aber so lachen, dass sie die Arme nicht hochbekamen.

Einer der lachenden Jungen sagte: Denkt doch mal an das ganze Geld, aber auch das klang komisch.

Seht mal! Die Tauben lachen auch, sagte ein anderer lachender Junge, und das war ebenfalls komisch.

Es dauerte nicht lange, und alle lachenden Jungen und lachenden Tauben hatten sich aus der Scheune gelacht.

Die Jungs schafften es nie, die Tauben zu fangen. Jedes Mal wenn sie darüber sprachen, fing einer mit diesem Witz an. Manchmal fanden sie, das sei genauso gut wie viel Geld zu haben.

Faule Eier

Im Sommer gelang es manchen Hennen, auf den Heuboden zu flattern und dort Eier zu legen. Sie wollten
sich verstecken, damit sie brüten und Küken aufziehen
konnten und keine Menschen kamen, um ihnen die
Eier wegzunehmen und aufzuessen. Die Jungs sollten
die versteckten Nester finden und die Eier einsammeln,
bevor die Henne auf die Idee kam, sie hätte etwas mit-
zureden, wenn es um ihre Eier ging.

Doch die Jungs hatten einen Plan, den sie für besser
hielten als den der Erwachsenen oder der Hennen. Sie
waren nicht besonders erpicht darauf, die Hennen brüten und Küken aufziehen zu lassen, aber ebenso wenig
waren sie darauf versessen, jedes Ei einzusammeln
und in die Küche zu bringen. Es gab ja sowieso schon
mehr als genug Eier für alle. Worauf es die Jungen
abgesehen hatten, waren faule Eier. Wirklich faule
Eier. Eier, die so faul waren, dass sie schwammen, so
faul, dass sie leichter als Marshmallows waren. Ein
richtig gutes faules Ei fühlte sich an, als bestünde es
nur aus Schale, war aber, wie die Jungs wussten, eine
Stinkbombe allererster Qualität. Ein richtig gutes faules Ei konnte ein ganzes Haus mit einem Gestank ver-
pesten, der so stark war, dass den Jungs schon beim
Gedanken daran das Wasser im Mund zusammenlief.
Ein gutes faules Ei war wertvoller als ein altes Baseball-
Sammelbild und besser als ein seltenes Comicheft. Da
kam selbst eine Tigeraugenmurmel nicht mit.

Aber gute faule Eier waren eine Menge Arbeit. Man
musste die Henne vertreiben und ihr klarmachen, dass

sie, wenn sie sich ihrem Nest näherte, nichts anderes zu erwarten hatte als einen Tritt. Dann musste man die Beute gut verstecken, und zwar in der Nähe der warmen Südwand der Scheune. Und dann brauchte man nur noch Geduld. Die Jungs lernten, dass es nicht gut war, immer wieder nachzusehen. Das war, als würde man am Herd stehen und darauf warten, dass das Wasser kocht. Am besten versuchte man die faulenden Eier zu vergessen, selbst wenn es tagelang über dreißig Grad warm war, was den Prozess stark beschleunigte. Man musste so tun, als gäbe es sie gar nicht. Sie waren wie die Weinflaschen, die die Erwachsenen in den Keller legten. Man musste sie ganz natürlich reifen lassen. Ein Monat warmes Wetter war nicht zu viel. Und wenn man sich in Geduld fasste, waren die Eier schließlich so leicht, dass sie fast schwebten – wie hübsch eingepackte Ekel erregende Gase.

Wenn der ersehnte Augenblick endlich gekommen war, untersuchten die Jungs die Eier und stritten sich, welches wohl den schrecklichsten Gestank verbreiten würde. Manchmal probierten sie eins an einem Schwein aus. Ein richtig faules Ei war das Einzige, was sie kannten, vor dem selbst ein ausgewachsenes Schwein zurückschreckte. Das machte ihnen Spaß. Manchmal, wenn sie sich gestritten hatten, warfen sie eins einem anderen Jungen nach, aber etwas so Wertvolles in einem Wutanfall zu verschwenden, schien keine gute Rache zu sein. Am liebsten stellten sie sich im Kreis auf, am besten irgendwo, wo es ruhig und eng war, und warfen die Eier dann abwechselnd in die Mitte, sodass sie gemeinsam in vergnügter Übelkeit taumeln und würgen konnten und später ihren Freunden, die nicht das Glück gehabt hatten, dabei zu sein, etwas Wunderbares zu erzählen hatten.

Der Leistenbruch

Eines der Spiele bestand darin, sich neben die Schweine zu knien, wenn sie aus dem Trog fraßen, und dann den Kopf seitlich zu drehen, sodass man all die Schweineköpfe aus der Schweineperspektive sah. Dann rutschte man ein bisschen zurück, hielt den Kopf knapp über dem Boden und betrachtete die sich hebenden und senkenden Bäuche der fressenden Schweine. Und dabei entdeckten die Jungs, dass eines der Schweine ein großes Problem hatte. Es sah wie ein kleiner kahler Kopf aus, der aus seinem Bauch hing. Es berührte fast den Boden, wenn das Schwein fraß.

Die Jungs rannten zu den Männern, um ihnen Bescheid zu sagen.

Sieht aus wie ein Ballon, der ihm aus dem Bauch hängt, rief einer.

Die Männer waren nicht sonderlich beeindruckt.

Das kommt manchmal vor, sagte einer von ihnen. Ein Leistenbruch. Jagt es bloß nicht herum. Könnte sein, dass das Schwein sich an irgendwas Spitzem den Bauch aufreißt, und dann fallen ihm die Gedärme raus.

Die Jungs dachten darüber nach und beratschlagten, ob sie das Schwein herumjagen sollten, um zu sehen, ob das wirklich passieren würde. Aber nachdem sie genug Witze gemacht hatten, beschlossen sie, das Schwein lieber von seinem Bruch zu kurieren. Jedenfalls war klar, dass die Männer nicht vorhatten, etwas zu unternehmen. Sie dachten wahrscheinlich, sie hätten so viele Schweine, dass es nicht lohnte, sich wegen einem kranken Tier Sorgen zu machen.

Die Jungs warteten, bis das Schwein im Schweinestall schlief, und stürzten sich dann von allen Seiten darauf, damit es ihnen nicht zwischen den Beinen hindurch entwischen konnte. Sie hatten genau abgesprochen, wer was tun sollte. Sie wollten es auf den Rücken drehen, damit es nicht weglaufen konnte. Das gelang ihnen auch. Das Schwein quiekte und zappelte, aber sie hielten es in der Position fest, in der die Männer Eber kastrierten: auf dem Rücken, die Beine fest an den Körper gepresst. Sie rollten das Schwein fast zu einer Kugel zusammen.

Und da war der Leistenbruch – rosig wie eine Kaugummiblase und so groß wie eine Melone.

Ein Junge traute sich, die Blase zu berühren. Die Haut war straff gespannt, aber was darunter lag, war weich.

Stimmt, da sind Gedärme drin, sagte er.

Auch die anderen fassten mal hin. Dann legten zwei von ihnen die Hände darauf und drückten, damit die Gedärme wieder in den Bauch des Schweins rutschten. Das Schwein quiekte lauter. Die Jungen drückten fester. Aber der Leistenbruch war wie ein Luftballon: Wenn man an einer Stelle drückte, wurde er an einer anderen dicker.

Nach ein paar Minuten hatten sie keine Kraft mehr in den Armen und mussten das Schwein loslassen. Sofort blähte sich der Leistenbruch wieder zur Größe eines kleinen kahlen Kopfes auf.

Von da an achteten sie auf das Schwein, dessen Bruch mit jeder Woche etwas größer wurde. Jedes Mal wenn es die Jungs kommen sah, rannte es weg, aber sie versuchten nicht noch einmal, es zu fangen. Was immer aus ihm wurde, sie hatten sich bemüht. Selbst wenn es zum Schlimmsten kam – sie hatten das Problem mit eigenen Händen befühlt. Das war mehr, als die Männer von sich behaupten konnten.

Mit Hühnern tanzen

Man musste nicht besonders klug sein, um zu wissen, wie dumm Hühner waren. Als Küken hackten sie sich bei jeder Gelegenheit gegenseitig tot. Sobald sie ein bisschen älter waren, erdrückten sie einander in der Ecke des Hühnerstalls, wenn irgendeine Kleinigkeit sie erschreckte – ein Knallfrosch beispielsweise oder ein lauter Pfiff. Ein Wiesel konnte ein Huhn schräg ansehen, sich anschleichen und ihm an die Gurgel springen, bevor sein kleines Vogelhirn ihm verriet, dass irgendetwas nicht stimmte. Hühner waren so dämlich, dass sie direkt vor ein Auto rannten und sich hinsetzten, als würden sie brüten, genau vor die Räder. Sie waren so dumm, dass sie dasselbe Ei zweimal legten, wenn sie mit dem Rücken zum Wind standen. Jedenfalls hatten die Jungs das gehört.

Was die meisten Leute nicht wussten, war, dass Hühner tanzen können. Die Jungs dachten, das könnte was damit zu tun haben, dass sie so dumm waren, obwohl sie eigentlich den Eindruck machten, dass sie das ganz gut hinkriegten. Die Jungs brauchten keine Musik, wenn sie mit den Hühnern tanzen wollten – bloß einen Rhythmus, ein bisschen Händeklatschen und Fußtappen. Nicht so laut, dass die Hühner sich in eine Ecke drängten und sich gegenseitig erdrückten, aber laut und deutlich genug, um sie im Takt nicken zu lassen. Zuerst machten die Hühner kleine, zuckende Bewegungen, wenn die Jungs leise in die Hände klatschten, als witterten sie in die Richtung der Jungen. Dann bewegten die Jungs beim Klatschen die Schultern, und die Hühner wiegten ihre Köpfe hin und her, ohne mit dem Luftpicken aufzuhören. Wenn alle mitmachten und der ganze Hühnerstall den Takt hielt, machten die Jungs noch ein paar Tanzschritte, ganz langsam und vorsichtig, damit die blöden Hühner sich nicht erschreckten, und nie so laut, dass sie sich kreischend aufführten wie im Hühnerirrenhaus. Nach ein paar Sekunden hob dann ein Huhn den Fuß vom Stroh und stellte ihn wieder hin, als sei es so dämlich, dass es nicht wusste, wohin damit, und dann hob es den anderen Fuß und stellte ihn wieder hin, wahrscheinlich weil es andauernd den Kopf hin und her drehte und sich nicht sicher war, in welche Richtung es gehen sollte, wenn es versuchte, einen Schritt zu machen.

Nach einer Weile tanzte die ganze Hühnerschar einen langsamen, zuckenden Tanz. Die Jungs gaben den Takt vor, bis ihnen schwindlig wurde oder sie jemanden kommen hörten. Sie wollten nicht, dass irgendjemand sie dabei sah. Schließlich tanzten die Jungs sonst nie, nur mit den Hühnern. Wie sollten sie wissen, ob jemand, der sie beobachtete, nicht vielleicht dachte, die blöden Hühner hätten damit angefangen, und sie machten es ihnen nur nach?

Das Stinktierzimmer

Wenn ein Stinktier so übel roch, war es entweder tot oder furchtbar schlechter Laune. So war das eben bei Stinktieren.

Wenn sie den Gestank rochen, sahen die Jungs zuerst an der Schotterstraße nach, ob vielleicht ein Lastwagen eins überfahren hatte. Doch als sie nur das Flimmern der Hitze über dem Schotter sahen, folgten sie ihren Nasen zurück zum Graben, zu den bleichen Gänsedisteln und dem dichten Gras, das unter dem Stinktiergestank zu leiden schien.

Da unten bewegte sich nichts. Sie sahen keine Zweige oder Holzstücke, unter denen sich ein Stinktier hätte verstecken können, nicht mal einen Abzugskanal, in dem ein verschrecktes Stinktier hätte Zuflucht suchen können. Es stank nach wie vor, ein starker Gestank, der in den Augen brannte wie eine Tasse Essig. Dieses Stinktier musste ganz in der Nähe sein.

Aber was für eine Stinktierlaune konnte einen solchen Gestank machen? Dieses Stinktier war – vielleicht weil es wütend oder traurig oder einsam war – so schlecht gelaunt, dass es ein Zimmer aus Gestank um sich errichtet und die Tür zugemacht hatte. Der Gestank stand einfach da. Die Jungs prallten dagegen wie gegen eine Mauer, die ihnen einen Schlag ins Gesicht gab. Sie standen am Rand des Stinktierzimmers und spähten suchend hinunter in den Graben, doch da gab es nichts Eindeutiges wie ein schwarzes Fell und einen weißen Streifen zu sehen. Es gab da unten keine Fenster, keine Türgriffe, keine Ritzen für frische Luft. Dieses Stinktier meinte es ernst. Es behielt das letzte Wort in dieser Sache, ganz gleich, um was es ging.

Auf dem Heimweg

Eines Tages im Frühling blieben die Jungs auf dem Heimweg von der Schule stehen, um Wasser aus einem Tümpel neben der Straße zu trinken. Sie rissen Seiten aus ihrem Rechtschreibheft und machten sich daraus Becher.

Alle außer einem. Er kniete sich hin und trank direkt aus dem Tümpel. So konnte er beim Trinken sein Gesicht sehen.

Die anderen sahen in ihre Becher, bevor sie tranken. So konnten sie sehen, ob irgendwelche Schlangen im Wasser waren.

Der eine, der im Knien trank, verschluckte eine Schlange. Er sah ihren Schwanz im Wasser vor seinen Augen, aber da war es schon zu spät. Ihr Kopf war schon in seinem Hals.

Als er aufstand, sagten die Jungen mit den Papierbechern: Du hast gerade eben eine Schlange verschluckt, stimmt's?

Der Junge, der eine Schlange verschluckt hatte, sagte, das stimme nicht. Er sagte, das Wasser direkt aus dem Tümpel habe gut geschmeckt.

Die anderen Jungen zogen ihn auf und sagten, seine Augen sähen anders aus als sonst. Der Junge, der die Schlange verschluckt hatte, kniete noch einmal nieder und beugte sich über das Wasser. Er sah eine Schlange. Vielleicht war es eine andere. Vielleicht war es die, die er verschluckt hatte. Vielleicht sah er von jetzt an immer so aus. Er sagte den anderen, er sehe genauso aus wie immer.

Als sie weitergingen, spürte der Junge, wie die Schlange sich in seinem Bauch zusammenringelte und einschlief.

Das geht ja einfach, dachte er. Beim Abendessen sagte er, er sei nicht hungrig. Er trank nur ein Glas warme Milch. Die Schlange wachte auf, trank die warme Milch und schlief wieder ein.

Als der Junge zu Bett ging, fand er, dass sein Bauch dicker war als sonst. Also schlief er auf dem Rücken und legte die Hände auf den Bauch, um die Schlange zu wärmen.

In dieser Nacht träumte er ganz andere Sachen als alle anderen.

Am nächsten Tag fragte ihn keiner nach der Schlange.

Das zahme Kaninchen

Ein alter Mann verschenkte seine Kaninchen. Es mussten wohl fünfzig sein, alle braun, fast wie Hereford-Rinder, aber verschieden groß. Er bot sie in Apfelsinenkisten vor der Auktionshalle an. Die Kaninchen versuchten nicht, hinauszuspringen oder sich einen Weg in die Freiheit zu nagen. Sie saßen einfach da, ein großer fauler Haufen – ganze Kaninchengenerationen, von fetten Großvätern und Großmüttern mit Hängebacken bis hinunter zu ihren trägen jüngsten Nachkommen. An den Kisten lehnte ein Schild, auf dem zu lesen war: Zu verschenken! Was zu viel ist, ist zu viel! – allerdings hatte der alte Mann die Tüpfelchen auf den i vergessen.

Ich komm mit denen nicht mehr mit, sagte er. Haben sich einfach zu schnell vermehrt. Die machen mich fertig.

Die Jungs wollten eins von den braunen Kaninchen haben, aber sie wollten von dem Kaninchenvermehrungsproblem nicht so fertig gemacht werden wie der alte Mann.

Also suchten sie sich den dicken alten Kaninchen-Großvater aus. Er würde sich nicht von selbst vermehren und hatte auch nicht mehr genug Unternehmungsgeist, um irgendjemand anders als sich selbst fertig zu machen. Sie nannten ihn Duke, nahmen ihn mit nach Hause und setzten ihn in einen Käfig, obwohl eine Pappschachtel wohl auch stabil genug für ihn gewesen wäre.

Ein paar Tage lang hatten die Jungs das Vergnügen, sich darüber zu streiten, wer Duke füttern und streicheln durfte. Ein paar Tage später aber stritten sie sich darüber, wer ihn füttern *musste*. Und dann tauchte das Problem auf, dass man Dukes Käfig sauber machen und frisches Stroh hineingeben musste. Und wessen Taschengeld sollte für die Futtertabletten draufgehen? Die einzige Gegenleistung, die Duke dafür erbrachte, bestand darin, dass er am einen Ende Futtertabletten in sich hineinfraß und am anderen wieder ausschied.

Schließlich mussten die Jungs zugeben, dass ihr Kaninchen ungefähr so viel Spaß machte wie ein nasser Socken in der Frühstücksdose. Der arme alte Mann vor der Auktionshalle! Wenn ein Kaninchen schon so langweilig ist, wie langweilig müssen dann erst fünfzig sein!

Vielleicht könnten wir ihn essen, sagte der Jüngste, aber dieser Vorschlag brachte die anderen nur zum Würgen.

Wir könnten ihn doch freilassen, sagte ein anderer, aber alle wussten, dass die Katzen ihn im Nu erledigen würden, denn er war, wie einer von ihnen sagte, noch lahmer als eine lahme Ente.

In der nächsten Woche brachten die Jungs Duke zur Auktionshalle. Der alte Mann mit seinen Kaninchen war nicht da. Also stellten die Jungs ihr eigenes Schild auf: Kaninchen zu verschenken – Garantiert kinderfreundlich. Sie achteten darauf, dass jedes i ein Tüpfelchen hatte.

Man kriegt nie genug von ihm, sagten sie zu dem Ersten, der stehen blieb.

Schweinerufe

Manchmal standen die Jungs sehr früh auf, damit sie den ersten Schweineruf des Tages hören konnten. Die Bauern riefen ihre Schweine, um die anderen auf sich aufmerksam zu machen und ihnen zu zeigen, wer als Erster aufgestanden war. Den Schweinen brauchte man nicht zu sagen, wann es Zeit zum Fressen war, und meistens waren sie früher am Schweinetrog als die frühsten Schweinerufer.

Die Jungs setzten sich gern auf den Wassertank, damit sie in alle Richtungen hören konnten. Der erste Schweineruf klang meistens am besten. Er schien aus dem Nichts zu kommen, wie eine Sternschnuppe. Er war es, der einem eine Gänsehaut machte und das frühe Aufstehen lohnte. Die anderen Schweinerufe waren auch nicht schlecht, aber sie waren eher wie ein Echo. Alle Farmer, die nicht die Ersten waren, hätten sich genauso gut hinstellen und: Ich auch, ich auch, schreien können. Und die Letzten strengten sich immer zu sehr an. Sie wussten, dass sie zu lange geschlafen hatten, und versuchten das mit ungewöhnlichen Schreien wettzumachen. Ein beliebter Scherz der Spätaufsteher war auch, den Schweineruf eines anderen Bauern nachzumachen, damit ihre Nachbarn glauben sollten, sie seien jemand anders, aber keiner fiel je darauf herein. Es gehörte einfach zu dem ganzen Spaß dazu.

Die Männer fanden es gut, dass die Jungs hinausgingen und sich die Schweinerufe anhörten. Durch Hören lernte man zwar nicht, wie man etwas tat, aber es war eine gute Methode, um zu lernen, wie die Welt funktioniert. Ohne guten Grund da draußen in der Kälte zu sitzen war jedenfalls ein guter Anfang. Die Männer glaubten, wenn die Jungs erst einmal heraushätten, wie man etwas ohne guten Grund tat, würden wahrscheinlich gute Schweinerufer aus ihnen werden.

Tischmusik

Wenn die jungen Eber kastriert wurden, war es sehr laut. Erst versuchten die jungen Schweine, sich quiekend und drängelnd vor den Männern in Sicherheit zu bringen, und dann quiekten sie noch lauter, wenn die Hoden abgeschnitten wurden.

Obwohl der Lärm schrecklich war, stand der Hund immer daneben, um die Hoden zu fressen, die die Männer wegwarfen. Wenn sie mit dem Kastrieren anfingen, machten sich die Jungs davon, weil ihnen das schreckliche Gequieke auf die Nerven ging. Aber sie wussten, dass der Hund im Schweinestall war und Hoden fraß, und das machte sie so neugierig, dass sie nach einer Weile doch hingingen und zusahen.

Der Hund stand neben dem Koben und wartete darauf, dass ein Hoden geflogen kam. Er schnappte kein einziges Mal daneben. Es sah bei ihm so leicht aus wie bei einem, der den Trick heraushat, wie man Popcorn mit dem Mund auffängt.

Später, wenn das Kastrieren vorbei war und das Quieken aufgehört hatte, versuchten die Jungs den Hund dazu zu bringen, Hundekuchen mit derselben Geschicklichkeit zu fangen wie Schweinehoden. Aber bei Hundekuchen schnappte der Hund meistens daneben. Zuerst dachten die Jungs, er sei vielleicht nicht hungrig, weil er im Schweinestall so viele Leckerbissen gekriegt hatte, aber dann rief einer: Tischmusik!, und alle fingen an, wie Schweine zu quieken. Der Hund sah sie an, als wären sie verrückt, aber solange sie quiekten, erwischte er jeden Hundekuchen.

Selbstentzündung

Eines Nachts brach in der Scheune eines Nachbarn Feuer aus. Mitten in der Nacht entzündete sich Heu, das zu feucht auf den Heuboden gebracht worden war. Der Bauer wachte auf, als der Schein der brennenden Scheune ihm ins Gesicht schien. Es war wie ein Sonnenaufgang, der zu früh kam. Und aus der falschen Richtung.

Aus vier verschiedenen Städten kamen Feuerwehren. Ihre Sirenen weckten die Nachbarn. Jeder zog sich schnell an, fuhr den Feuerwehrwagen nach oder folgte dem Lichtschein der brennenden Scheune. Sie parkten ihre Wagen an der Straße und auf den Feldern neben der Scheune, und dann rannten sie los und stellten sich in einem großen Kreis um das Feuer und die Feuerwehrwagen.

Die Scheune hatte keine Chance. Das Dach brannte, und zwischen den Flammen sah man das Gebälk wie ein rot glühendes Gerippe. Die Leute sahen zu und sagten: Ein Jammer! und: Wirklich schade! Aber der Besitzer schrie und zeigte auf eine Ecke der Scheune. Meine Schweine!, schrie er. Die sind noch immer da drin!

Und jetzt konnte man die quiekenden Schweine hören und wie sie sich polternd an die Scheunenwand drängten. Keiner sagte mehr was, und einige gingen zu ihren Wagen zurück. Ein junger Feuerwehrmann rannte mit einer Axt zur Scheune, und ein anderer hielt mit dem Schlauch auf ihn, sodass seine Montur nur so triefte. Er schlug ein Brett der Scheunenwand los, und sofort schob sich ein Schweinerüssel durch den Spalt. Das Quieken wurde jetzt noch lauter, aber der Feuerwehrmann schlug noch ein Brett los und rannte zurück zu den Feuerwehrwagen. Die Seitenwand gab splitternd nach, und eine große schwarze Sau kam heraus, gefolgt von einem Strom von Schweinen in allen Größen und Farben. Zehn. Zwanzig. Fünfzig Schweine. Die Feuerwehrleute hielten mit ihren Schläuchen auf sie. Die Schweine zischten und dampften, als das Wasser sie traf. Sie standen still und ließen sich begießen. Nach ein paar Minuten liefen sie zwischen den Leuten herum.

Anfangs konnte man es gar nicht glauben. Den Schweinen war nichts passiert. Jemand streckte die Hand aus und rieb die Asche von den versengten Borsten einer Sau. Dann fassten alle die Schweine an und streichelten sie. Die Leute fingen an zu lachen und Witze zu machen. Die ganze Menge war in Festlaune. Sie benahmen sich, als wäre der vierte Juli oder als wäre ein Krieg zu Ende gegangen. Jemand hatte Popcorn, und ein anderer hatte Äpfel und Kaffee. Der Besitzer bekam als Erster was, und dann ließ man alles herumgehen. Aus irgendeinem Kofferraum tauchte ein Kasten Bier auf und kurz darauf eine Wassermelone und drei Beutelmelonen. Und die Schweine waren überall dabei, gingen zwischen den Leuten herum und ließen sich von ihnen füttern. Wo sind die Marshmallows?, fragte einer, aber keiner interessierte sich mehr für das Feuer. Es war jetzt ein großer Feuerball, der nichts weiter tun konnte als auszubrennen. Auch die Feuerwehrmänner gaben auf und hatten ihren Spaß mit den Schweinen und den anderen Leuten. Sie richteten die Schläuche nach oben. Die Tropfen regneten auf eine fröhliche Menge aus Menschen und Schweinen. Man hätte ein Bild machen sollen: All diese Leute und Schweine sehen auf zu dem Regenbogen aus dem Wasser der Feuerwehrschläuche und dem Feuerschein der brennenden Scheune.

Ein guter Tag

Eines Tages waren die Jungs so glücklich, dass sie gar nicht wussten, was sie machen sollten.

Als sie einen Habicht am Himmel kreisen sahen, drehten sie sich mit ausgestreckten Armen um sich selbst, bis ihnen schwindlig wurde und sie lachend zu Boden fielen.

Als die jungen Schweine sich quiekend um einen Platz am Futtertrog stritten, krochen die Jungs auf allen vieren herum, bissen sich in die Ohren und lachten und alberten herum, bis ihre Latzhosen an den Knien Löcher bekamen.

Sie malten mit Schlamm Gesichter auf ihre nackten Knie, ließen sie lächeln, indem sie die Kniescheiben bewegten, und wollten sich ausschütten vor Lachen.

Sie rannten durch das kühle, nasse Gras, packten die Kühe am Schwanz und ließen sich in einem solchen Tempo quer über die Weide ziehen, dass die Milch aus den Eutern auf ihre Schuhe spritzte. Sie rannten herum, bis die frische Milch von ihren Schnürsenkeln tropfte.

Alle wurden müde, auch die Tiere. Außerdem wurde es spät, und die Kühe mussten in den Melkschuppen getrieben werden. Es war Zeit, mit der langsamen, ruhigen Arbeit zu beginnen. Doch als die Jungs mit dem Melken fertig waren, kehrte das vertraute Glücksgefühl zurück.

Und was nun?

Alles ringsum schien in anderer Stimmung zu sein. Die Kühe käuten wieder und ließen sich zur Nachtruhe nieder. Die Spatzen plusterten sich in ihren Nestern auf. Die Arme der Jungs fühlten sich ganz schwer und schlaff an, aber das Glücksgefühl blieb, als wollte die Sonne in ihnen einfach nicht untergehen.

Ein Junge lehnte sich an eine Kuh und überlegte, was er machen könnte, und dabei berührte sein Ellbogen einen kleinen Knoten auf dem Rücken der Kuh. Und der erwies sich als eines der vielen kleinen Geschenke, die die Jungs brauchten, um diesen guten Tag zum Abschluss zu bringen.

Maden nannten sie sie.

Der Rücken der Kuh war übersät mit diesen Maden – eigentlich kleinen Würmern, die sich in die Haut bohrten und winzige Buckel machten, die man fühlen konnte, wenn man der Kuh über den Rücken strich.

Die Jungs untersuchten die anderen Kühe. Alle hatten diese Buckel! Ihre Rücken waren wie Heidelbeerzweige, an denen mehr als genug Beeren für alle waren. Die Jungs suchten die Kühe mit den meisten Buckeln, kletterten auf ihren Rücken und machten sich an die Arbeit. Sie drückten mit den Daumen auf die kleinen Knoten. Zuerst kam dickflüssiger, öliger Saft heraus und dann die fetten weißen Würmer. Sie sahen aus, als hätten sie sich mit der Milch der Kühe gemästet.

Seht euch den an! Und den hier!, riefen sie, schnippten die Maden durch die Luft, wischten sich die Hände am Fell der Kuh ab und machten sich über den nächsten Knoten her. So feierten sie das Ende eines guten Tages.

Tagträume

Einer nach dem anderen verloren sich die Jungs in Tagträumen. Sie gingen mitten durch das Feld mit den kniehohen Bohnen und entledigten sich ihrer Pflicht, drei Stunden lang «Unkraut zu zupfen» und nach Sonnenblumen, Maispflanzen, Gänsedisteln und Spitzkletten zu suchen. Nach allem, was keine Bohne war und gejätet werden musste. Nach allem, was nicht in diese grünen Reihen von Sojabohnen, Sojabohnen, Sojabohnen gehörte. Alle verloren sich in Tagträumen, jeder auf seine Art.

Und dabei bückten sie sich oder kauerten sich hin, jäteten oder brachen ab, was nicht dorthin gehörte, und die Sonne war jetzt mehr feucht als heiß, und die Gerüche, die aus dem Feld aufstiegen, waren wie die eines alten Bettes, schaler und dumpfer als der Geruch von Sojabohnen oder allem, was nicht dorthin gehörte. Die Jungs gingen langsam durch die Reihen, verloren sich in Tagträumen, jenseits von Pflicht oder Arbeit, Lob oder Tadel, ohne Mühe oder Worte, und dabei verschwanden sie im Nebel des Bemühens und Nicht-Bemühens, des Tuns und Nicht-Tuns, wo Mühsal Entspannung sein kann und Langeweile Zufriedenheit.

Herbst

Es lag eine Kühle in der Luft. Die Vögel spürten sie und versteckten sich oder zogen davon; die gelben und grauen Felder mit ihren Gesichtern aus geknickten Stengeln und eingefallenen Furchen schienen unter ihr zu schmollen. Selbst die Erdhörnchen wussten, dass etwas bevorstand, und stöberten geschäftig unter dürren Blättern nach Dingen, die unter grüneren Bedingungen leichter zu finden gewesen wären. Die Jungs hatten das Gefühl, als wären sie von unbestimmten Schatten umgeben, und fanden, sie müssten etwas dagegen unternehmen.

Aber was konnte man um diese Jahreszeit schon unternehmen? Man konnte den Herbst tun lassen, was er wollte, und Höhlen aus Heuballen bauen. Tiefe, dunkle Höhlen, wenn man nur lange genug daran arbeitete. Man konnte zu einem großen, viereckigen Stapel Heuballen gehen und ihn ganz nach Belieben umbauen. Man konnte ihm einen Bauch und lange, ausgehöhlte Arme geben. Man konnte ihm Gedärme geben! Man konnte Tunnel und Kreuzungen und Schächte bauen. Wenn man ein bisschen Arbeit nicht scheute und einem das Wetter nichts ausmachte, konnte man jede Art von Höhle bauen. Und man konnte die Ritzen zwischen den Ballen mit ein paar Handvoll Heu verstopfen, damit kein Licht hereinkam, und den Höhleneingang mit einem Heuballen verschließen. Von draußen sah man dann nur einen großen Stapel Heuballen, die darauf warteten, unter der Last des Schnees zusammenzusacken. Aber drinnen konnte man Höhlen bauen. Dann konnte man hineinschlüpfen und eine Welt der Dunkelheit mitnehmen. Man konnte einfach dasitzen wie die Fledermäuse, die keine Augen brauchen, und eine ganze Höhle für sich haben.

Und genau das taten die Jungs.

Elektrizität

Die Jungs erinnerten sich noch an den Abend, als die Elektrizität zur Farm gekommen war. Die Ältesten erinnerten sich jedenfalls, und die anderen taten so. Oder sie hatten die Geschichte so oft gehört, dass sie dachten, sie erinnerten sich. Nach einer Weile spielte es keine Rolle mehr, wer sich wirklich daran erinnerte und wer nicht. Sie alle kannten die Geschichte.

Es war der Abend, an dem irgendwo an einem großen Damm ein großer Schalter umgelegt wurde. Das war lange nachdem der Elektriker wochenlang Leitungen in den Häusern verlegt hatte, Schalter montiert hatte, wo zuvor nur Tapete gewesen war, und eine lange Leuchtröhre wie die, die sie in der Stadt gesehen hatten, in der Mitte der Küchendecke befestigt hatte, sodass man die alte Laterne an einen neuen Haken hängen musste, bis der große Schalter umgelegt wurde.

Der Abend des großen Schalters – das war der Abend, an dem all diese toten Leitungen und grauen Glühbirnen zum Leben erwachen sollten. Konnte das wirklich funktionieren? Konnte die Elektrizität den ganzen weiten Weg von dem großen Schalter an dem großen, Hunderte Meilen entfernten Damm zurücklegen?

Es war ein Brief gekommen, in dem stand, wie man sich auf den großen Augenblick vorbereiten sollte. An dem und dem Tag um fünf Uhr nachmittags würde der Schalter umgelegt werden. Sorgen Sie dafür, dass alle Schalter auf Aus stehen, hatte es in dem Brief geheißen, und schalten Sie sie nacheinander an. Als hätte der große Damm etwas dagegen, dass ihm alle Elektrizität auf einmal abgesaugt wurde. Das leuchtete den Jungs ein. Kühe traten nach einem, wenn man versuchte, alle vier Zitzen auf einmal zu melken. Und ein Pferd trug vier Reiter leichter, wenn sie nicht alle auf einmal aufstiegen. Man stelle sich vor: ein Huhn, das zehn Eier auf einmal legte. Es leuchtete einem ein.

An dem Abend, an dem der große Schalter umgelegt werden sollte, saßen sie am Küchentisch und warteten. Die Schalter standen auf Aus. Sie warteten darauf, dass es fünf Uhr wurde. Und dann sahen sie es: ein Licht am Horizont, wo vorher keins gewesen war. Dann ein Licht im Fenster des Nachbarn, ein paar hundert Meter entfernt. Dann Lichter überall. Es sah aus, als wäre die Welt voller Glühwürmchen. Das neue Licht war nicht das gelbe Licht der Laternen, sondern das klare, weiße Licht der Elektrizität. Ein Licht, so klar wie das Wasser hinter dem großen Damm, wo immer der auch stand.

Einer der Jungs knipste den Küchenschalter an. Und es geschah auch bei ihnen. Der große Schalter funktionierte, sogar hier. Es war, als bräche die Küchendecke auf, um Licht einzulassen. Einen flatternden, leuchtenden Engel des Lichts. Ein Klacken, ein Knurren, ein Flackern aus Licht. Und in einer Sekunde war mehr Licht in der Küche als je zuvor. Helleres Licht als am vierten Juli um zwölf Uhr mittags. Sie sahen einander an: Jede Sommersprosse, jeder Fleck, jede fettige Haarsträhne, jeder Kragenrand trat in diesem neuen Licht deutlicher denn je hervor. Sie sahen sich im Raum um: die Küchenschränke, die Täfelung, die Tapete, die Decke, von der die alte Laterne baumelte wie ein Gehängter.

Und aus der Kehle eines der entsetzten, vom Licht wie erschlagenen Erwachsenen drangen die Worte: Gott im Himmel! Seht euch an, wie dreckig es hier ist!

Und so verbrachten sie den ersten Abend dieses hell leuchtenden Lichts damit, die Wände abzuwaschen. Alle miteinander. Jeden Zentimeter.

Das war die Geschichte, wie die Jungs sie kannten. Das war die Geschichte, die sie immer würden erzählen können, ob sie sich nun erinnerten oder nicht.

Der Ausflug

Die Jungs machten einen Ausflug um die Felder. Vier Meilen. Sie nahmen sich Proviant in einem Sirupeimer mit und gingen mittags los. Sie wussten, dass sie unterwegs ein paar Sachen machen würden – nach wilden Erdbeeren Ausschau halten, ein paar Bäche untersuchen, durch ein paar Gräben kriechen, vielleicht ein paar Kälber herumjagen, ihrem Lieblings-Apfelgarten einen Besuch abstatten, ein paar Gänse ärgern, wenn sie zur Straße kamen. Solche Sachen eben. Doch sie meinten, um vier würden sie wieder zurück sein. Dann bliebe ihnen noch reichlich Zeit für ihre Nachmittagspflichten, sodass sich niemand würde beschweren können, sie seien zu lange weggeblieben.

Man kann Blasen an den Fersen und einen Sonnenbrand an der Stelle, wo die Hemdsärmel zu kurz sind, nicht einplanen, ebenso wenig wie Hummeln im Graben neben dem Weg oder dass man sich bei einem Sprung von einer kleinen Brücke den Knöchel verstaucht. Niemand rechnet mit Stacheldrahtwunden oder damit, dass man in einem Apfelbaum erwischt wird, der jemand anders gehört, oder von einer Gans gezwickt wird, die schlimmer zubeißt als ein Terrier. Und wer kann ahnen, dass man angeschnauzt wird, bloß weil man ein paar Maisblätter als Klopapier benutzt hat, oder dass im Bach des Nachbarn Blutegel sind? Und was ist schon dabei, wenn man das Schild mit der Maissorte zum Spaß am Luzernenfeld aufstellt? Wie viel Umstände würde es den Leuten schon machen, ihre Post zu finden, wenn die doch bloß in den Briefkasten ihres Nachbarn gesteckt worden war, der nur eine halbe Meile weiter wohnte? Und wenn einer einen wilden Stier hat, warum ihn dann nicht ein bisschen necken, indem man sein Hemd schwenkt, um ihm zu zeigen, dass er die Dinge nicht so ernst nehmen sollte? Und ist es etwa keine gute Idee, ein bisschen Unkraut über die Telefondrähte zu werfen, damit die Vögel fressen können, ohne sich vor lauernden Katzen fürchten zu müssen? Und wer würde schon auf den Gedanken kommen, es könnte irgendwelche Probleme geben, bloß weil man einen Durchlass am einen Ende mit Steinen verschlossen hatte, damit das nächste Kaninchen, das meinte, zur einen Seite hinein- und zur anderen hinausrennen zu können, was zu knobeln bekam? Und mal angenommen, jemand hatte wirklich einen Apfel auf den Auspuff eines Traktors gesteckt. Na und? Der würde doch einfach weggeblasen werden, wenn der Traktor gestartet wurde. Und wofür sind diese Glasisolatoren auf den Telefonmasten überhaupt gut?

Als die Jungs sich auf den Weg machten, hatten sie nichts weiter vor als einen Standardausflug um die Felder. Wie konnten sie ahnen, dass sie erst um sechs wieder zurück sein würden, dass sie zerkratzt, zerbissen, zerstochen, hungrig, müde und noch dazu praktisch lahm sein würden und dass man sie anbrüllen würde, als wären sie eine Gefahr für die Gemeinschaft? Und dass im Umkreis von Meilen so viele Leute ihre Zeit damit verschwenden würden, sich über Zäune und Felder hinweg alles Mögliche zuzurufen und das, was von ihren Telefonen übrig war, zu benutzen, um ihre Nachbarn zu fragen: Wo sind sie jetzt? und: Was haben sie als Nächstes vor?

Zweiter Teil

Der Jüngste

Der Jüngste

Es war nicht leicht, der Jüngste zu sein. Derjenige zu sein, der beim Rennen zum Abendbrottisch immer verlor. Derjenige zu sein, der den anderen das Werkzeug reichte, wenn sie ihr Fahrrad reparierten. Derjenige zu sein, dem keiner glaubte, wenn alle anderen genauso logen. Und derjenige zu sein, der seiner Wut nicht mit Muskelkraft Nachdruck verleihen konnte.

Aber klein zu sein hatte auch einen Vorteil. Manchmal, tief in der Nacht, wenn er die Welt für sich allein haben wollte, schlüpfte er so lautlos aus dem Bett, dass niemand es hörte. Er schlich durch das Haus und machte Geräusche, wie sie die Ratten oder der Wind machten. Dann wartete er, bis der Wind sich ein wenig drehte, sodass die Fahne am Windrad sich quietschend bewegte. Im selben Augenblick öffnete er die Fliegentür – der Ton klang ganz ähnlich –, und er war draußen. Hier gab es immer irgendwelche Geräusche von Tieren, und es war leicht, seine Schritte und das Reiben der Beine seiner Latzhose an sie anzupassen. Stiere scheuerten an Holzgattern, weil die Maden in ihrem Rücken nachts nicht schliefen. Kranke Schweine, die Draht verschluckt hatten, schleppten sich zum Wassertrog, um das Brennen in ihrem Bauch zu lindern. Selbst Vögel und Hühner hatten kleine Schmerzen und flatterten und plusterten sich auf. Er hatte die Taschenlampe noch nicht angeschaltet und ging zur Scheunentür mit den neuen Angeln, die nicht quietschten. Drinnen schaltete er die Lampe an und leuchtete damit in die Gesichter von Kälbern, die aufstanden, um zu sehen, was es zu fressen gab, und sich dann wieder hinlegten. Er dachte sich kleine Lieder aus, die er ihnen vorsang. Manchmal waren die Lieder albern, manchmal waren sie böse. Die Kälber hörten kaum hin, aber sie lernten, sich nicht zu beschweren und auch nichts zu erwarten.

Gedanken über den Schnee

Warum hatte niemand Angst vor Schnee? Wenn im Sommer eine dunkle Wolke tief über dem Horizont im Südwesten hing und die Luft still und schwer wurde, sahen sich die Leute an, als wollten sie sagen: Ist deine Seele bereit für das Jenseits? Wenn die Schneeschmelze zu schnell kam und die Bäche über die Ufer traten, mit großen Eisschollen, die sich in der reißenden Strömung drehten, sahen sich die Leute nach einem möglichst hohen Hügel um, als wäre es die Nähe zum Himmel, nicht die zur Erde, die sie retten könnte. Und auch Hagelstürme oder Windböen, die mehr als die normale Menge Blätter mitnahmen, machten den Leuten Angst.

Aber Schnee nicht. Sobald sich der Wind gelegt hatte und niemand mehr Angst haben musste, blindlings im Kreis zu laufen, konnten sich Schneewächten so hoch wie Telefonmasten auftürmen. Der Schnee konnte Eingänge verschließen und elefantengroße Schneewehen bilden, wo er wollte, und trotzdem lächelte fast jeder, mit Ausnahme des Briefträgers, selbst wenn man eine oder zwei Stunden zusätzlich arbeiten musste, um einen Weg freizuschaufeln.

Der Jüngste saß im Haus, sah hinaus in die überwältigende Weiße und fragte sich, ob er wohl der einzige Mensch auf der Welt war, dem Schnee unheimlich war. Es ist so viel, dachte er, und es sieht aus, als wollte es die ganze Welt begraben. Einmal hatte er sich getraut zu fragen, warum niemand Angst vor dem Schnee habe, aber die anderen hatten sich über ihn lustig gemacht, und er hatte nie wieder gefragt. Nur wenn er musste, ging er zu den anderen Jungs hinaus in den frisch gefallenen Schnee, und meistens wartete er damit, bis jemand begehbare Pfade getrampelt hatte. Dann ging auch er vielleicht mal hinaus, allerdings erst, nachdem er unbeobachtet noch eine Lage Kleider angezogen hatte. Im Übrigen blieb er möglichst im Haus. Manchmal saß er allein am Fenster, rieb die kleinen Hände, hauchte hinein und tat, als wären sie Blumen.

Aug in Auge

Die Jungs sahen gerne zu, wenn Ferkel geboren wurden. Trockneten sie mit Stroh ab. Legten sie der Sau an die Zitzen. Sahen zu, wie sie die kleine Welt des Ferkelstalls erforschten. Doch nach einer Weile hatten sie genug davon und zogen los, um etwas anderes zu tun.

Außer dem Jüngsten. Er blieb ganz gern allein dort. Wenn die anderen Jungen weg waren, beugte er sich hinunter und brachte sein Gesicht ganz nah an die Sau. Jetzt, wo keiner mehr da war, der über ihn hätte lachen können. So konnte er das Ferkel kommen hören, und wenn es geboren wurde, war sein Gesicht genau darüber. Schnell beugte er sich hinunter, sodass sein Auge direkt über dem Auge des kleinen Ferkels war. Als es seine Augen öffnete, war das Erste, was es sah, das Auge des Jungen, nur Zentimeter entfernt.

Der Junge starrte dem Ferkel ins Auge, und das Ferkel starrte in das Auge des Jungen. Dem Jungen gefiel der Gesichtsausdruck des Ferkels. Es war erstaunt. Nicht sehr erstaunt. Es war nicht der verblüffte Ausdruck, den man hat, wenn man jemanden sieht, den man nicht erwartet hat – ein Gespenst oder ein Wesen vom Mars. Eher wie der Blick von jemandem, der aufwacht und nicht weiß, wie weit der Wagen gefahren ist, seit er auf dem Rücksitz eingeschlafen ist. Der Ausdruck, der zu sagen scheint: Oh, ich wusste nicht, dass wir schon so weit sind, aber na gut.

Der Junge hob den Kopf, damit das Ferkel alles andere sehen konnte. Es wusste, was es zu tun hatte: aufstehen, atmen, eine Zitze suchen. Der Junge versuchte nicht, das Ferkel davon abzuhalten. Er wusste, dass sie in verschiedenen Welten lebten. Aber das änderte nichts daran, dass sie beide einige Sekunden lang an einem Ort gewesen waren, von dem niemand sonst etwas zu erfahren brauchte.

Frühling

Der Jüngste wusste nicht, was er von Frühlingsdüften halten sollte. Sie waren seltsam und allgegenwärtig, verströmt von Baumporen oder Zaunpfosten, von der Scheune oder der Katze. Frühlingsdüfte von Vogelnestern, von schrumpfenden Laken aus Schnee, die Mulch und Schlamm freigaben.

Geräusche verstand er: das warnende Knistern des Eises auf dem Straßengraben, wenn er darauf schlitterte, das Plappern und Balzen der Krähen im Eschenahorn. Er kannte auch die Berührung des Frühlings: das Gleiten und Rutschen von schmelzender nasser Erde, den kalten Schneematsch an den Knöcheln oder das An- und Abschwellen der lauen Frühlingslüfte. Das alles verstand er so gut wie die jungen Kälber, wenn sie aus den Ställen gelassen wurden und auf den morastigen Weiden tanzten.

Aber für den Jüngsten fing der Frühling eigentlich erst an, wenn die Luft keine sauberen, frischen Gerüche mitbrachte, sondern dicke, schwere Düfte, die weder süß noch verdorben rochen. Wenn er diese prallen Frühlingsdüfte roch, war der Junge unsicher, wo er eigentlich war in dem Bild, das er rings um sich sah. Es war wie ein großer, schwitzender Körper, der ihm ganz nah war, nur dass er ihn nicht sehen oder berühren konnte. Es kommt mehr, dachte er, es kommt etwas Großes, so groß, dass ich noch nicht dafür bereit bin und noch nicht weiß, was ich damit anfangen soll.

Kopfläuse

Es war mehr als ein Juckreiz – es waren Kopfläuse.

Warum hab ich sie gekriegt und die anderen nicht?, fragte der Jüngste. Das ist nicht fair.

Aber seine Probleme hatten erst begonnen. Bleib uns vom Leib!, riefen die älteren Jungen. Schaff deine Sachen aus unserem Zimmer! Nimm bloß nicht unsere Kämme! Finger weg von unseren Zahnbürsten!

Aber als man ihm den Kopf mit Teerseife wusch, wurden die anderen doch neugierig. Der feine Kamm zog die toten Läuse aus dem Haar. Sie legten sie auf den Tisch, als wären sie die ersten kleinen Gartengemüse im Frühjahr. Dann, nach dem Ausspülen, begann die Suche nach den Nissen. Man musste die kleinen weißen Eier mit den Fingernägeln von den Haaren streifen.

Ich sehe eine!, sagte einer der älteren Jungen und zog die Nisse mit den Fingernägeln heraus.

Und da ist noch eine!, sagte ein anderer.

Alle Nissen zu finden war eine ziemliche Arbeit, und darum machte einer der Erwachsenen Popcorn, während die Jungs nach den Läuseeiern suchten. Wenn sie fertig waren, würde es eine kleine Feier geben. Die Jungs machten sich die Arbeit interessanter, indem sie die Nissen zählten, um zu sehen, wer die meisten fand. Auf dem Kopf des Jüngsten wimmelte es jetzt nicht mehr von Läusen, sondern von Händen. Alle redeten gleichzeitig. Sein Haar war wie ein Haferfeld im Juli: voller fleißiger Erntearbeiter.

Die Kotzschüssel

In einem Winter bekamen die Jungs alle gleichzeitig Grippe. Die Kopfschmerzen und das Fieber und die Übelkeit waren schon schlimm genug, aber das Schlimmste war, dass es nur eine einzige Kotzschüssel für alle gab. Tagsüber war das kein Problem: Sie stellten sie in die Mitte des Zimmers, und wer sie brauchte, ging oder kroch einfach hin. Aber nachts, im Dunkeln, war das anders – man wachte auf und brauchte die Schüssel ganz schnell, konnte sie aber nicht rechtzeitig finden.

Also begannen die Jungs zu streiten, wer die Kotzschüssel neben seinem Kissen haben durfte. Wenn sie es ausgelost hatten, wartete immer einer, bis die anderen eingeschlafen waren, schlich durchs Zimmer und holte sich die Schüssel in sein Bett.

Der älteste Junge hatte eine Idee. Die Schüssel war aus Metall, und darum konnte man kleine Löcher in den Rand bohren und Bindfäden daran befestigen. Sie stellten die Kotzschüssel in die Mitte des Zimmers, und jeder konnte am Ende seines Bindfadens ziehen, wenn er sich schnell übergeben musste.

Das funktionierte gut. Die meisten banden ihr Lieblingsspielzeug an die Schnur, damit sie sie im Dunkeln schnell fanden. Der Jüngste aber knotete sie an einen lockeren Zahn. Er dachte, auf diese Weise würde er den Bindfaden leicht finden, wenn er die Schüssel brauchte, und sobald ein anderer die Schüssel zu sich her zog, würde er im Schlaf seinen lockeren Zahn loswerden. Die älteren Jungen hatten keine Milchzähne mehr und konnten die Idee des Jüngsten nicht kopieren, aber sie lobten ihn trotzdem. Warum auch nicht? In schlechten Zeiten ließ eine gute Idee – egal, wer sie hatte – die Dinge für alle etwas angenehmer aussehen.

Fledermausflügel

An Sommerabenden, wenn die Sonne unterging und man anfing sich zu langweilen, gingen die Männer manchmal mit ihren Schrotflinten hinaus, um Fledermäuse zu schießen. An guten Abenden kreisten die Fledermäuse über den Köpfen der Männer und stießen auf die Insekten herab. Die Männer fuchtelten wild mit den Flinten herum und schossen aus der Hüfte. An anderen Abenden flogen die Fledermäuse hoch über ihnen dahin, sodass die Männer sorgfältig zielen konnten. Da sah man dann, wie gut das Radar der Fledermäuse funktionierte, denn sie wichen so schnell aus, dass die Schüsse sie verfehlten. Manchmal schienen sie mitten im Flug zu springen und wirkten eher wie Kolibris als wie Fledermäuse.

Die Schrotflinten waren eine ziemlich laute Methode, die Fledermäuse nicht zu erwischen, und die Jungs dachten sich ein lautloses Verfahren aus, das funktionierte: Man musste sie angeln. Sie holten die Fliegenruten der Männer und ließen die Köderfliegen durch die Luft sausen.

Wenn's mit dem Jagen nicht klappt, sagte einer von ihnen, solltet ihr's mal mit Angeln probieren. Die Männer ließen die Flinten sinken und sahen zu. Bald hatte einer der Jungs eine Fledermaus angelockt. Sie stieß nach der Fliege und saß am Haken. Er holte sie aus der Luft ein, während die Männer, die Gewehre auf den Knien, dasaßen und verblüffte Gesichter machten.

Dann wollten die Männer auch mit Angelruten Fledermäuse fangen, und manchmal hatten sie ebenfalls so viel Glück wie die Jungs.

Nachdem sie ein halbes Dutzend Fledermäuse gefangen hatten, stellten sie fest, dass der Haken nie in ihrem Maul steckte. Er saß immer in den Flügeln.

Wenn sie ein so gutes Radar haben, warum schnappen sie die Fliegen dann nicht mit dem Maul?, fragte einer der Männer.

Der Jüngste sagte: Vielleicht sind ihre Flügel für sie wie Hände, und sie müssen die Fliegen erst fangen.

Das klang so albern, dass keiner weiter darauf einging, aber Jahre später fand jemand – im Rahmen eines Forschungsprogramms, das Tausende und Abertausende von Dollars gekostet hatte – heraus, dass Fledermäuse ihre Beute tatsächlich mit den Flügeln fangen.

Scherpilzflechte

Die Jungs kannten drei Methoden, Scherpilzflechte loszuwerden. Man konnte zum Arzt gehen und sich ein Medikament geben lassen. Man konnte einen Wattebausch mit Kerosin tränken und die Stelle zwei- oder dreimal damit betupfen. Oder man konnte eine Woche lang Butter darauf streichen und sie fünf- oder sechsmal am Tag von einem Hund ablecken lassen.

Wir haben ja jede Menge Butter, dachte der Jüngste, als er Scherpilzflechte hatte. Da kann ich ja genauso gut Butter drauf streichen und den Hund lecken lassen.

Die Flechte saß kreisförmig zwischen Kinnspitze und Adamsapfel. Er strich Butter darauf, legte sich auf den Rasen und reckte das Kinn in die Höhe. Das erste Mal, als er dem Hund sagte, er solle die Butter ablecken, war der sehr argwöhnisch. Er beschnupperte den Jungen, wagte es aber nicht zu lecken. Er dachte wohl, es sei nicht gut, das zu tun – etwa dasselbe, wie wenn er ein Plätzchen vom Picknicktisch stahl. Etwas, das einem gewöhnlich eins hinter die Ohren eintrug. Aber nach und nach begriff der Hund, dass er lecken durfte, und kam angerannt, wenn er sah, dass der Junge sich auf den Rücken legte und das Kinn hob.

Dem Jungen gefiel das ebenfalls. Morgens juckte die Flechte, und das Lecken linderte die Qual etwas. Nachmittags, wenn er geschwitzt hatte, brannte die Stelle, und das Lecken war nicht sehr angenehm. Also legte er sich einen Zeitplan zurecht, nach dem er sich viermal morgens lecken ließ, wenn der Juckreiz ihn quälte, und nur ein- oder zweimal nachmittags, wenn die Stelle empfindlich war. Vormittags musste auch die schwerste Arbeit getan werden, und er wollte nicht mehr als unbedingt nötig schwitzen.

Am fünften Tag der Leckbehandlung war die Scherpilzflechte fast verschwunden. Morgens juckte die Stelle nicht mehr, und das Brennen am Nachmittag hatte auch nachgelassen.

Es ist schon ein bisschen besser, sagte er. Aber vielleicht dauert es doch länger als eine Woche.

Inzwischen strich der Junge die Butter immer dicker auf die Stelle, und der Hund leckte sie immer langsamer ab. Beide taten, was sie konnten, um die Behandlung so lange wie möglich auszudehnen.

Die Hausratten

Wenn die Jungs tagsüber eine Ratte in der Nähe des Maisspeichers oder der Scheune herumlaufen oder von einem Schweinetrog fressen sahen, war es, als wäre in ihnen ein Streichholz angezündet worden. Sie ließen sofort ihr Spielzeug fallen und rannten, begierig, die Ratte zu töten, los, um Mistgabeln und Stöcke zu holen.

Aber nachts lagen die Jungs manchmal wach und lauschten auf die Ratten, die auf dem Dachboden und zwischen den Wänden umherliefen. Diejenigen, die so hoch hinauf gelangt waren, hatten sich meistens verlaufen und rannten auf der Suche nach einem Ausweg wie rasend hin und her. Die Jungs wussten, dass an einer Stelle ein Loch in der Decke war. Wenn eine Ratte darüberlief, fiel sie an den Wandpfosten vorbei in den Hohlraum zwischen den Zimmern, wo sie nur die dünne Wand von den Menschen trennte. Dann konnten die Jungs zu ihrem Vergnügen hören, wie die Ratte kratzend und scharrend versuchte, an der Gipsplatte hinaufzuklettern. Wenn sie die Hände an die Wand legten, spürten sie das Kratzen der Krallen auf der anderen Seite. So wussten sie immer, wo die Ratte war, und wenn sie auf die Stelle schlugen, fiel die Ratte wieder auf den Boden und musste von vorn anfangen.

Anstatt auf die Wand zu schlagen, an der die Ratte gerade hinaufklettern wollte, legte der Jüngste einmal die Hand darauf, um zu fühlen, wie weit sie gekommen war. Das Kratzen ihrer Krallen kitzelte an den Fingerspitzen, und der Junge kratzte zurück. Der Ratte schien das zu gefallen, denn sie antwortete mit einem Kratzen, kletterte dann ruhig auf ihrer Seite der Wand hinauf und verschwand auf Zehenspitzen über den Dachboden dorthin, woher sie gekommen war.

Ein paar Theorien zum Thema «Rattenschwänze»

Etwas, das den Jungs im Zusammenhang mit Katzen und Ratten auffiel, war, dass eine Katze, die eine Ratte fraß, immer den Schwanz übrig ließ.

Warum fraßen Katzen keine Rattenschwänze?

Ich weiß es!, sagte ein Junge. Sie lassen sie für die Rattenschwanzfee liegen, damit sie ihnen eine Schale Milch hinstellt!

Nein, du Dummkopf, sagte der Älteste. Dann würde man doch Milchschalen statt Rattenschwänze finden!

Ich weiß es, sagte ein anderer Junge. Sie lassen den Schwanz liegen, damit aus ihm eine neue Ratte wächst, die sie fressen können.

Nein, du Dummkopf, sagte der Älteste. Dann würde man doch überall diese Schwänze mit noch nicht aus-gewachsenen Ratten sehen!

Ich weiß es, sagte der Jüngste. Die Katzen benützen die Rattenschwänze als Zahnstocher.

Dem ältesten Jungen fiel kein Grund ein, warum das nicht sein konnte. Trotzdem sagte er: Hast du schon jemals gesehen, wie eine Katze mit einem Ratten-schwanz zwischen den Zähnen stochert?

Nein, sagte der Jüngste. Aber hast du schon mal eine Katze mit schmutzigen Zähnen gesehen?

Die Jungs gingen hin und überprüften die Gebisse von ein paar Katzen. Sie waren sauber.

Ich wusste doch, dass Zahnbürsten Blödsinn sind, sagte der älteste Junge, der immer das letzte Wort haben musste.

Eschenahornkäfer

Was meinst du – wie viele Eschenahornkäfer sitzen auf diesem Baum?

Der Junge, der diese Frage gestellt hatte, schüttelte Dutzende der harmlosen kleinen orange-schwarzen Käfer vom Baum.

Es war eine dumme Frage. Als wollte einer wissen, wie viele Löwenzahnpflanzen nach einem Gewitter auf einer Wiese stehen. Es wäre schlauer gewesen zu fragen: Bei dieser Masse von Käfern – was meinst du, wie lange es dauern wird, bis einer einen davon in den Mund kriegt?

Das wäre eine Frage gewesen, über die nachzudenken sich gelohnt hätte, denn jeder mit ein bisschen Grips wusste, dass etwas so Kleines und Zahlreiches früher oder später seinen Weg in irgendeinen Mund finden musste.

Alle Jungs hatten bereits eine ganze Menge kleine Tiere in den Mund bekommen. Sie alle wussten, wie Stechmücken oder Grashüpfer schmeckten – und selbst in trockenen Jahren gab es nicht halb so viele Grashüpfer wie Eschenahornkäfer. Wer probiert zuerst? – das wäre eine vernünftige Frage gewesen.

Im Mund des Jüngsten fühlte es sich wie ein unreifes Haferkorn an. Wie ein unreifes Haferkorn, an dem noch die weiche, flügelartige Hülse saß. Wie es dorthin gekommen war, gerade als er an dem Eschenahorn vorbeiging, war eine Frage, die er sich in dem Augenblick nicht stellte. Es fühlte sich so sehr wie ein unreifes Haferkorn an, dass er es mit der Zunge zu den

Eckzähnen schob und wie ein beinah knuspriges Haferkorn zerbiss.

Der Jüngste war alt genug, um zu wissen, dass ein neuartiger Geschmack im Mund meist den Hang hat, wie ein vertrauter Geschmack mit einer neuen Note zu schmecken. Zum Beispiel Milch, die sauer geworden ist, oder Brot, auf dem sich Schimmel festgesetzt hat. Oder ein unreifes Haferkorn mit Gänsedistelsaft, dachte er.

Erst als er dem schleimigen Eschenahornkäfer Gelegenheit gegeben hatte, sich auf sämtliche Geschmacksnerven zu schmieren, gab er auf und spuckte das Problem auf seine Hand. Selbst angesichts des traurigen Zustands, in dem der Käfer sich befand, konnte der Junge den kleinen schwarzen Kopf, die dünnen Beinchen und sogar ein paar orangefarbene Punkte auf den abgebissenen, federförmigen Flügeln erkennen.

Es war einer der Augenblicke, die er beschloss, für sich zu behalten. Es war nichts, dessen man sich brüsten konnte. Nichts, was man den älteren Jungen erzählen konnte. Er fand, das Ganze hatte nur einen Nutzen, wenn er eines Tages sehen würde, wie jemand beim Anblick von Eschenahornkäfern das Gesicht verzog – dieses kleine Signal, das sagte: Ich weiß, das kenne ich. Erst dann würde er etwas sagen. Vielleicht so etwas wie: 'ne ganze Menge, was? Wie mögen die wohl schmecken?

Löwenzahn

Eines Tages im Sommer ging der Junge auf die Weide, um allein zu sein. Das Land war ganz flach, aber er kannte eine Stelle, wo vor vielen Jahren vielleicht jemand einen großen Felsen ausgegraben hatte, sodass eine flache Mulde geblieben war, gerade groß genug, um sich hineinzulegen und von niemandem gesehen zu werden. Dorthin ging er, auch wenn er wusste, dass dort jeder hinging, der sich verstecken wollte.

Er legte sich auf den Rücken und sah hinauf in den Himmel. Hin und wieder flog ein Insekt vorbei, und nach einer Weile sah er einen Hühnerhabicht, der über ihm einen großen Kreis flog, so hoch, dass er wahrscheinlich nur zum Spaß dort herumkurvte und gar nicht nach Mäusen und toten Hühnern Ausschau hielt. Aus weiter Entfernung hörte er Tiere husten. Er hörte den Wind im Gras und das leise Geräusch einer zuschlagenden Fliegentür. Er hörte, wie ein Traktormotor gestartet und wieder abgestellt wurde. Er drehte sich auf die Seite und schloss die Augen. Er konnte das Gras riechen, und wenn er das Gesicht auf die Erde legte, roch er etwas, das tiefer war als das Gras – einen süßen, zitronigen Geruch, der aus den Wurzeln der Wiesenpflanzen stieg. Er spürte die Wärme auf seinem Gesicht und wandte es wieder der Sonne zu. Als er die Augen aufschlug, sah er ein paar Zentimeter entfernt einen Löwenzahn, dessen Blüte gelber war als alles, was er je gesehen hatte. Und während er diese unnütze Wiesenpflanze betrachtete, sah er, dass sie atmete: Ihre goldene Blüte hob und senkte sich wie eine winzige Brust. Der Löwenzahn atmete!

Er stand auf und sah in die Richtung der Farm, wo vermutlich diverse Arbeiten auf ihn warteten. Er war zu lange allein gewesen. Er war in dieser Sache fast zu weit gegangen. Er setzte sich in Bewegung und rannte auf die Häuser zu wie einer, der es gar nicht erwarten kann, andere Menschen zu sehen.

Maiskolben und Pfirsichpapier

Im Sommer mussten die Jungs das Plumpsklo benutzen. Das war eine Anordnung. Es hatte ja keinen Sinn, all das gute Wasser für die Spülung zu verschwenden und Schmutz ins Haus zu tragen, wenn das Wetter gut genug war, um das Plumpsklo zu benutzen.

Den Jungs machte das nichts aus. Wenn nur die Maiskolben nicht gewesen wären. Nach einer Weile störten die Jungs sich nicht mehr daran, aber trotzdem waren sie immer froh, wenn die Obsthändler in der Stadt Pfirsiche bekamen. Zwar schmeckten ihnen Pfirsiche nicht besonders, aber ihnen gefiel das weiche Papier, in das sie eingewickelt waren. Wenn sie ausgepackt waren, wurde das Papier ins Plumpsklo gehängt und konnte anstelle von Maiskolben benutzt werden.

Wenn sie das Pfirsichpapier aufgebraucht hatten, waren wieder die Maiskolben dran – gerade wenn man sich an das weiche Papier gewöhnt hatte! Ein paar Wochen lang war die zarte Haut der Jungs ganz wund, aber dann hatten sie sich wieder an die rauhen Maiskolben gewöhnt und machten sich nichts daraus.

Die Sache mit den Maiskolben und dem Pfirsichpapier war das Thema einer ernsthaften Erörterung, was man daraus lernen könne.

Was Schlechtes ist gar nicht so schlecht, solange man nicht weiß, wie gut was anderes sein kann, sagte einer.

Ja, aber wenn man erst was Schlechtes und dann was Gutes hat, ist das besser, als wenn man immer nur was Gutes hat, sagte ein anderer.

Ich finde, wenn man erst was Gutes und dann was Schlechtes hat, ist das zwar schlechter, als gar nicht zu wissen, wie gut was sein kann, aber ein bisschen Gutes neben dem Schlechten zu haben ist immer noch besser als gar nichts, sagte der älteste Junge.

Aber es ist ja auch nicht gleich verteilt, sagte der Jüngste. Eins ist mal sicher: Es gibt mehr Maiskolben auf der Welt als Pfirsichpapier.

Schwimmen

Der Junge wurde an der Kiesgrube abgesetzt. Das war das Schwimmbad. Man verließ sich darauf, dass man ihn dort allein lassen konnte und er in dem mit einem Seil abgetrennten Bereich bleiben würde.

Und das konnte man auch. Er wusste, wie wenig er schwimmen konnte. Er paddelte am Seil entlang, wo seine Zehen noch den Grund berührten und seine Beine im tiefen Wasser verschwanden, sodass man nicht merkte, dass er gar nicht wirklich schwamm.

Als er das Mädchen auf dem Badetuch sitzen sah, begann er sich blöd vorzukommen. Er sah, wie sie ihn beobachtete, und sah, wie er für sie aussehen musste, mit seinen langen Armen, die bis zu den Ellbogen gebräunt und von dort bis zu den Schultern wie zwei Säulen aus weißem Marmor waren. Seine weißen Beine musste sie schon bemerkt haben, als er ins Wasser gegangen war. Sie wusste, dass seine Füße innerhalb des Seils den Boden berührten. Sie wusste, dass er gar nicht wirklich schwamm.

Woher hatte sie dieses gebräunte Gesicht? Wer hatte ihr beigebracht zu lächeln, als könnte ihr nie etwas Schlimmes passieren?

Als sie aufstand, sah sie aus wie etwas, das aus dem Wasser stammte und nun dorthin zurückkehrte, und tatsächlich schwamm sie wie ein Aal. So geschmeidig wie ein Stoffband glitt sie ins Wasser, und ihr Haar schwebte hinter ihr her wie kleinere Bänder.

Er stellte sich hin, um zuzugeben, dass er nicht wirklich schwamm, und sah ihr zu, wie sie vorbeischwamm, sich auf den Rücken drehte und ihn anlächelte. Sie machte sich nicht über ihn lustig. Sie wollte ihm nichts beibringen. Sie schwamm.

Brille

Es war nicht leicht, eine dicke Brille zu tragen, wenn man auf einer Farm lebte, aber der Jüngste behandelte Brille nicht anders als alle anderen. Nur dass er ihn Brille nannte, und dagegen hatte Brille nichts einzuwenden, solange der Jüngste ihn nicht damit aufzog oder ihn vor Erwachsenen so nannte, die nicht wussten, dass das schon in Ordnung war.

Aber eines Tages war der Jüngste mit Brille in der Stadt, und ein fremder Stadtjunge nannte Brille Brillenschlange.

Nenn meinen Freund nicht Brillenschlange, sagte der Jüngste.

Brillenschlange, Brillenschlange, Brillenschlange, Brillenschlange, sagte der Stadtjunge und gab dem Jüngsten einen Stoß, dass er hinfiel.

Ich hab keine Angst vor dir, sagte der Jüngste und stand auf. Nenn meinen Freund nicht Brillenschlange.

Der Stadtjunge schlug den Jüngsten ins Gesicht, mit einem schnellen, spielerischen Schlag, als würde er zum Spaß in die Luft boxen. Aber dieser spielerische Schlag war ein Volltreffer. Einer der langen Schneidezähne des Jüngsten machte ein Loch in seine Lippe, sodass er blutete. Er blutete stark. Er hatte Blut auf den Lippen und dem Kinn. Dann, als er sich den Mund abwischte, auf beiden Händen und Ärmeln. Er blutete wie ein Schwein, aber als er sah, was für einen Schreck der Stadtjunge bekam, machte er Blutblasen und tat, als würde er keine Luft mehr kriegen. Das Blut floss weiter und tropfte auf sein Hemd. Es machte ihn stark. Er beugte sich vor, damit seine weißen Turnschuhe etwas abbekamen. Er verschwendete keinen Tropfen. Der Stadtjunge wand sich wie eine Schlange, der ein Pferd auf den Schwanz getreten ist. Der Jüngste besprizte sich mit Blut.

Brille stand daneben und machte Augen wie eine Eule.

Das war doch nicht so gemeint, sagte der Stadtjunge. Er zitterte und schnappte nach Luft, als würde er selbst bluten. Wie heißt ihr eigentlich?, fragte er.

Doch das Blut verkündete etwas anderes. Erwachsene kamen aus den Läden gerannt und sprangen aus ihren Autos. Zuerst kümmerten sie sich nur um den blutenden Jungen, und dann nannten sie den Stadtjungen einen Schläger, den schlimmsten, den sie je gesehen hätten, und machten sich nicht die Mühe, Brille zu fragen, ob er eigentlich gesehen hatte, was passiert war. Für sie als Erwachsene war der Fall klar. Was bist du bloß für ein Kerl, einen anderen ins Gesicht zu schlagen? Bist du verrückt? Wer sind deine Eltern? Warte nur, bis sie davon hören. Und komm diesem Jungen ja nicht mehr zu nahe.

Die Jungs hörten sich das an, waren aber nicht überrascht, als sie sich eine Woche später wieder in der Stadt begegneten. Die drei standen auf verschiedenen Seiten der Straße und sahen sich an wie streunende Hunde. Der Jüngste und Brille dachten, wenn sie als Erste etwas sagten, würde es wieder Streit geben, aber wenn der Stadtjunge anfing, vielleicht nicht. Es war einer jener Augenblicke, wo ein kurzes Schweigen der beste Auftakt für Friedensverhandlungen war.

Der Stadtjunge kam auf ihre Straßenseite. Alles in Ordnung?, fragte er. Das war etwas, das lässig und freundlich zugleich klang.

Klar, sagten sie. Hast du noch Ärger gekriegt? Sie wussten um ihre Macht. Die ganze Welt war auf ihrer Seite gewesen.

Und so kamen die drei zusammen. Das Einzige, was der Stadtjunge heute in seiner Faust hatte, war ein bisschen Puffmais. Er bot Brille zuerst davon an, indem er ihm seine Hand dicht unter die Nase hielt. Die drei gingen in eine Seitenstraße, wo man nicht auf sie achten würde. Sie sagten sich, wie sie hießen, verglichen die Narben, die sie von verschiedenen Kämpfen und Unfällen hatten, und trafen ein paar geheime Verabredungen für die Zukunft.

Der Schadensregulator

Ein paar Wochen nach dem Hagelsturm kam der Schadensregulator der Versicherung.

Willst du was lernen, Junge? Dann komm mal mit, damit du siehst, wie diese Stadtschnösel das machen. Die lassen sich Zeit, damit wir dankbar sind, dass sie überhaupt kommen. Und dann wollen sie uns dazu bringen, dass wir alles unterschreiben.

Der Jüngste folgte dem Mann zu dem Schadensregulator, der am Rand des Maisfelds stand. Das Einzige, was der Junge wusste, war, dass man in Gegenwart eines Schadensregulators nicht lächelte. Er sollte nicht auf die Idee kommen, es sei alles in Ordnung.

Keine zwei Felder sind gleich, war das Erste, was der Schadensregulator sagte. Stürme sind ganz schön komisch.

Er zog seinen Block und einen Bleistift hervor und begann, die Löcher in den Maisblättern zu zählen.

Ich wüsste nicht, was an diesem Sturm komisch sein soll, sagte der Mann, der seinen eigenen Block und seinen eigenen Bleistift hatte – einen dicken, flachen Zimmermannsbleistift, neben dem der dünne Stift des Schadensregulators wie ein Spielzeugmodell aussah. Sehen Sie sich bloß mal die Kolben an, sagte er zu dem Regulator. An manchen Kolben haben die Hagelkörner die Hälfte der Körner zerschlagen.

Der Schadensregulator schälte die grüne Maishülse von einem Kolben. Er betastete die weichen Körner, als wären sie empfindliche Blasen. Dann strich er die Hülse wieder glatt, mit einer Geste, fand der Junge, wie der eines Arztes, der einen Kranken zudeckte. Der Regulator schrieb mit seinem dünnen Bleistift etwas auf seinen Block. Der Mann hatte seinen dicken Bleistift in der Hand und sah dem anderen zu.

Wie viele Acres sind in diesem Zustand?, fragte der Regulator.

Achtzig.

Und das Feld hier ist am schlimmsten betroffen?

Das ist schon schlimm genug, sagte der Mann.

Wenn Sie ein schlimmeres haben, seh ich's mir gern an.

Nein, ich glaube, schlimmer als hier ist es nirgends, sagte der Mann.

Der Schadensregulator begann zu rechnen. Ich schätze, Sie haben noch achtundachtzig Prozent, sagte er dann. Zwölf Prozent Schaden. Meine Gesellschaft zahlt Ihnen zwölf Prozent vom durchschnittlichen Maispreis in dieser Gegend über die letzten fünf Jahre. Sind Sie einverstanden?

Was haben Sie meinem Nachbarn bezahlt?, fragte der Mann.

Zehn Prozent. Wie ich schon sagte: Diese Stürme sind wählerisch. Keine zwei Felder gleich. Der Schadensregulator ließ seinen Blick über das Feld schweifen. Haben Sie genau achtzig Acres?

Es geht noch ein bisschen für die Eisenbahnlinie ab, sagte der Mann. Wir sagen immer achtzig.

Dann sagen wir dasselbe, sagte der Regulator.

Es herrschte langes Schweigen, während er ein paar Papiere ausfüllte und sie dem Mann gab, damit er sie unterschrieb. Der Mann wollte seinen dicken Bleistift benutzen, aber das Feld, in dem er unterschreiben sollte, war zu klein. Er gab dem Jungen seinen Block und den dicken Bleistift und nahm den dünnen des Regulators, um zu unterschreiben. Die Männer schüttelten sich die Hand, und der Schadensregulator fuhr davon.

Man kann keinem mehr trauen, sagte der Mann und ging weg.

Der Junge stand da, den dicken Bleistift und den Block in der Hand, und war sich nicht sicher, was er aus dieser Sache gelernt hatte.

Die Schrotflinte

Die Schrotflinte hing auf der Veranda über der Eingangstür. Der alte Zollstock, mit dem die Jungs verdroschen wurden, hing über der Speisekammertür. Beide waren tabu.

Wenn keine Erwachsenen da waren, kam der Jüngste in Versuchung, beide mal in die Hand zu nehmen, vor allem aber die Flinte. Die nahm er sich zuerst vor. Er zog sich einen Stuhl heran und hob das große, schwere Ding herunter. Mit ihrem Kolben aus Walnussholz und ihrem schwarzen Lauf war die Flinte der schönste Gegenstand im Haus. Er legte sie an und zielte auf den kleinen Ring an der Schnur, die am Rollo hing. Er dachte nicht daran, irgendetwas zu töten. Er dachte an die Flinte und daran, wie sie zum Leben erwachen konnte. Ihm gefiel, dass sie Feuer in die Dunkelheit sprühen konnte, wenn die Männer nachts auf Jagd gingen. Ihm gefiel, wie sie zuckte, wenn sie losging. Ihm gefiel das geschmeidige Klicken, mit dem die Kammer sich öffnete und schloss – wie wenn scharfe Zähne zubissen, Zähne, die so exakt ineinander griffen wie die einer Pinzette. Ihm gefiel das kleine Korn am Ende des Laufs. Ihm gefiel ihr Gewicht und wie sie sich anfühlte.

Er hielt die Flinte an die Schulter, und nachdem er auf dies und das gezielt hatte, setzte er sie ab, strich mit der Hand über das Metall und sah in den schimmernden, spiralförmig gezogenen Lauf. Er rieb über den Kolben und fuhr mit dem Fingernagel das Schnitzmuster aus stilisierten Weizenkörnern nach. Er roch an der

Flinte. Mehr als alles andere gefiel ihm der Geruch von Stahl und Schießpulver und der leise Duft, den das Holz verströmte – ein Duft nach Öl, das die Hand eines Mannes aufgetragen hatte. Wenn es Zeit war, die Schrotflinte wieder aufzuhängen, wischte er sie mit einem Taschentuch ab und legte sie auf die Haken über der Tür. Es kam ihm so vor, als wäre sie durch seine Berührung noch schöner geworden.

Bevor jemand zurückkam, ging er noch in die Küche. In der Speisekammer waren vielleicht Plätzchen versteckt, und der Zollstock über der Tür sollte ihn warnen, lieber nicht hineinzugehen. Er kannte den Schmerz, den dieser Zollstock verursachen konnte. Der Zollstock hing da, um die Plätzchen zu bewachen. Die Flinte über der Tür aber bewachte das ganze Haus. Die Schrotflinte war das Größte, was er kannte. Wenn er sie eine Weile in Händen gehalten hatte, war sein Appetit auf Plätzchen vergangen: Sie erschienen ihm genauso läppisch wie der alberne Stock, der sie bewachen sollte.

Die Lieder der Vögel

Der Jüngste liebte die Lieder der Vögel, die er mit seinem Luftgewehr schoss. Gegen Sonnenuntergang, wenn die Silhouetten der weit entfernten Scheunen und Silos wie Noten vor dem rosigen Vorhang des Himmels standen, zog er mit seinem Gewehr los und folgte seinen Lieblingsliedern. Zum Nest der Spatzen in der Kuppel über dem Schweinestall, zur Taube, die gurrend unter dem Giebel der Scheune saß, zur Amsel, die in der Esche sang, zur Schwalbe, die auf dem Telefondraht zwitscherte, zum Rotkehlchen im Apfelbaum, zur Trauertaube hoch auf dem obersten Ast des Eschenahorns, zum Wiesenstärling, der auf einer Distel balancierte.

Die Jagd auf Singvögel war eine Jagd nach ihrem Lied. Das Lied, das ihm am besten gefiel, war das des Zaunkönigs, obwohl er von allen Vögeln der kleinste und am schwierigsten zu treffen war. Immer wenn der Junge sein Lied hörte – oft aus dem dichten Gewirr der Trauerweidenzweige –, bewegte er sich ganz langsam, lauschte auf den süßen, schmetternden Gesang und hielt nach dem raschen Zucken zwischen den Zweigen Ausschau. Wenn er den Zaunkönig erlegt hatte und die warmen Federn in der Hand hielt, strich er mit den Lippen darüber und versuchte, hinter das Geheimnis dieser kleinen Kehle zu kommen und sein Lied nachzupfeifen.

Wie die Kälber

Eines Samstagnachts schlich sich der Jüngste davon, um zu sehen, was die Stadtjungen bei der Tribüne im Park trieben. Sie sahen ihn kommen. Sie erkannten einen Bauernjungen an seinen großen Schritten und der Tatsache, dass er sich auch dort umsah, wo es gar nichts zu sehen gab. Der Junge sah, wie sie ihn musterten und die Köpfe zusammensteckten wie junge Kälber auf der Weide, wenn der Traktor vorbeifährt.

Er sah einen Trinkbrunnen und steuerte direkt darauf zu, als wäre er deswegen überhaupt in den Park gekommen. Die Stadtjungen durchschauten seine Taktik und gingen ebenfalls auf den Trinkbrunnen zu. Der Junge konnte seinen Kurs nicht mehr ändern, ohne sich lächerlich zu machen, also beeilte er sich, in der Hoffnung, als Erster da zu sein, einen Schluck zu trinken und dann wieder zum Cola-Automaten an der Tankstelle zurückzugehen, wo die Bauernjungen herumstanden. Aber die Stadtjungen beeilten sich ebenfalls und waren schneller als er. Also tat der Junge, als müsse man am Trinkbrunnen Schlange stehen, stellte sich hinten an und wartete, bis er dran war. Er sah sich neugierig um, obwohl es da gar nichts zu sehen gab.

Er bekam ein paar Wasserspritzer ab, also trat er ein Stückchen zurück. Die Stadtjungen lachten und spritzten noch mehr Wasser auf ihn. Sie waren wie junge Kälber, die gerade auf die Weide gelassen worden waren und nie das Beißen des Stacheldrahts oder den Schlag eines Elektrozauns gespürt hatten. Sie waren wie junge Kälber, die noch nie mit dem Lasso eingefangen und gefesselt worden waren, damit man ihnen die kleinen Hörner knapp über den Ohren abschneiden konnte.

Wo hast du denn *die* Schuhe her?, sagte einer von den Stadtjungen.

Geht dich nichts an, antwortete er und wusste gar nicht, was er sagte, bevor er es sich sagen hörte.

Es gab ein paar Schubser und gespuckte Wasserspritzer auf den Rücken des Jungen.

Wetten, dass die Schnürsenkel an den komischen Schuhen da lang genug sind, dass man sie zusammenbinden kann? Wetten?, sagte der größte Stadtjunge.

Ja, bind dir die Schnürsenkel zusammen und sieh zu, dass du abhaust, sagte ein anderer.

Diesmal wollte nichts aus dem Mund des Jungen kommen. Er kniete sich hin, band die Schnürsenkel seiner knöchelhohen Arbeitsschuhe auf, knotete sie zusammen und schlurfte mit winzigen Schritten davon, während die Stadtjungen ihn den halben Weg bis zur Tankstelle auslachten, verspotteten und mit Wasser bespritzten.

Sie sind wirklich wie die Kälber, dachte er, während er davonschlurfte. Sie haben keine Ahnung, wie es ist, mit dem Traktor durch Schneewächten gejagt zu werden, die ihnen bis zum Kinn gehen. Oder wie es ist, wenn ihnen einer Pfeffer auf die Salzlecke streut. Sie haben keine Ahnung, wie es sich anfühlt, eine Luftgewehrkugel in den Hintern zu kriegen, wenn sie nicht damit rechnen, vielleicht wenn sie grasen, oder eine Mistgabel in die Rippen, wenn sie sich auf dem Weg zurück in den Stall nicht benehmen. Sie haben keine Ahnung.

Das Pony

Er war ein kleiner, brauner Shetlandponyhengst namens Beauty. Der Jüngste gab ihm immer Äpfel, und das bewirkte, dass der Hengst nicht bockte, wenn er auf ihm ritt. Doch niemand hatte dem Jungen beigebracht, wie man ein Pony zuritt, und darum erzog er es, wie man einen Hund erzieht, und gab ihm etwas zu fressen, wenn er etwas von ihm wollte – gewöhnlich bloß einmal kurz im Hof herumreiten. Beauty begann seinerseits, den Jungen zu erziehen, und trat nach ihm und biss ihn ins Bein, wenn er aufsteigen wollte. Der Junge verstand diese kleinen Strafen als Aufforderungen und gab Beauty, was er fressen wollte. Dann durfte er ein Stück die Auffahrt entlangreiten, aber es verging immer weniger Zeit, bis Beauty die nächste Forderung stellte – mit einem Bocken, einem Biss, einem Tritt, mit irgendetwas, das den Jungen dazu bewegte, ihm einen Apfel oder einen Teelöffel Zucker zu geben.

Eines Tages, als der Junge mit etwas anderem beschäftigt war und Beauty vielleicht vergessen hatte, denn schließlich waren die Ausritte auf ein paar Schritte geschrumpft, ging das Pony zur Hafertruhe und rieb, weil es auch hier seinen Willen haben musste, seinen Kopf so lange daran, bis der Deckel aufsprang. Es schlug sich den Bauch voll und fraß weit mehr, als es brauchte, mehr, als gut für es war. Ein paar Tage lang war Beauty krank, und dann begannen seine Hufe zu wachsen und zu wachsen. Das Überfressen hatte zu einer Hufentzündung geführt, und nun wuchsen die Hufe, bis sie so klobig waren wie Holzschuhe.

Von da an konnte Beauty nicht mehr nach dem Jungen ausschlagen. Er versuchte noch immer, ihn zu beißen, wenn er in seine Nähe kam, aber das kam nur selten vor. Wozu dem Pony noch Äpfel geben? Der Junge konnte ja doch nicht mehr auf ihm reiten und brauchte auch nicht in seine Nähe zu kommen, um zu sehen, wie schmerzhaft und mühsam jeder Schritt war, den das Pony machte.

Der Fahrer

Der Kieslaster bremste nicht mal. Der Junge hörte das *Klump Klump*, doch der Hund heulte nicht, bellte nicht, gab überhaupt keinen Laut von sich. Der Junge stand mit dem Rücken zur Straße, jenseits des Grabens und des Zauns, irgendwo im Schweinegras, und machte irgendwas. Er wusste später nicht mal mehr, was. Irgendwas eben. Nichts Schlimmes. Nichts, was ihm Ärger eingebracht hätte, wenn ein Erwachsener es gesehen hätte. *Klump Klump* und eine Staubwolke und, als sie sich gelegt hatte, der gelbe Hund, der flach auf der Schotterstraße lag.

Als der Junge bei ihm war, mitten auf der Straße, hatte er zuerst Angst, er würde nicht wissen, was zu tun wäre. Aber dann sah er, dass die Augen des Hundes aus dem Schädel gequollen waren. Das war eindeutig. Die Augen sagten: Du brauchst dir keine Sorgen zu machen – ich bin tot. Ich bin nicht mal mehr ein Hund.

Der Junge sah genau hin, betrachtete ganz genau diese Augen, die wirklich hervorgetreten waren, fast zwei Zentimeter weit. Und die kleine Pfütze aus Blut, die wie ein Babylätzchen unter der Schnauze des Hundes lag. Er sah sich alles genau an. Dann stupste er den Bauch des Hundes mit der Fußspitze an, bückte sich, hob ein Hinterbein an und ließ es wieder fallen. Er gab dem Hund einen kleinen Tritt. Sonst nichts.

Und dann kam der Schmerz.

Tage später, als er nicht mehr weinte, als das Zucken in seiner Brust nicht mehr kam, wenn er am wenigsten damit rechnete, als er nicht mehr düster vor sich hin stierte, um nicht vor allen Leuten zu weinen, dachte er an den Fahrer. Er hatte ihn gar nicht gesehen, bloß das Heck des Kieslasters, der nur noch schneller davonfuhr. Von da an hasste der Junge Kieslaster, hasste ihren Anblick und das Geräusch ihrer Motoren. Was den Fahrer betraf, so war er sich nicht schlüssig. Vielleicht wäre der Mann wütend geworden, wenn er angehalten hätte, vielleicht hätte er ihm einen Tritt verpasst, weil er seinen Hund auf der Straße hatte herumlaufen lassen, wo nur Kieslaster hingehörten. Der Junge konnte Fahrer nicht so hassen wie Kieslaster. Aber er dachte an den Fahrer, an seine winzigen, tief in den Höhlen liegenden Augen, das lange, verfilzte Haar, an die dünnen Arme, die großen, von Kratzern und Schürfungen verschrammten Knöchel, an die wunde Haut unter der ständig erkälteten Nase, an seinen schweren, rasselnden Husten.

Der Traum

Eines Nachts träumte der Jüngste, dass jemand in seiner Familie sterben musste. Es war ein Gesetz oder so. Im Traum hatte er keine Angst, denn seine Familie bestand aus vielen Leuten, und es war unwahrscheinlich, dass ausgerechnet er, der Stille, an der Reihe war. Er nahm an, dass er als Letzter drankommen würde.

Doch dann beschloss die ganze Familie, dass er derjenige sein sollte, der sterben musste. Er rannte durch ein Maisfeld davon, verfolgt von allen anderen. Sie hatten Eimer voll Benzin, das sie über ihn schütten und anzünden wollten.

Sein ältester Bruder fing ihn in dem Maisfeld und lachte dabei. Der Rest der Familie kam herbeigerannt. Das Benzin schwappte aus den Eimern.

In diesem Moment wachte er auf.

Am nächsten Tag sah sich der Junge alle in seiner Umgebung sehr genau an. Sie sahen nicht aus wie Leute, die ihn umbringen würden. Sie sahen nicht mal ganz so aus wie die Familie in seinem Traum. Es war bloß ein Traum, dachte er. Aber er sagte nicht: Kann ich mal die Kartoffeln haben? Er bat sie um nichts.

Das Schulhaus

In der Woche vor der Auktion ging der Jüngste zu dem Schulhaus, das nur aus einem Raum bestand. Es war kurz vor Sonnenuntergang, und die Schwalben schossen dicht über dem Gras dahin und fingen Mücken, die Hühner setzten sich zum Schlafen auf ihre Stangen, und die Kühe käuten wieder – es war jene Zeit am frühen Abend, da niemand darauf achtete, wo die anderen gerade waren. Er trat gegen die Tür zum Kohlenkeller, wie er es die älteren Jungen hatte tun sehen, und die wiederum hatten es wohl anderen älteren Jungen vor ihnen abgeguckt. Es war der geheime Tritt gegen die Kohlenkellertür, und der war so gut wie ein Schlüssel zur Vordertür.

Er wusste, dass es die letzte Gelegenheit war, sich das Schulhaus noch einmal anzusehen, bevor es abgerissen oder in einen Kornspeicher umgewandelt wurde. Es roch immer noch wie früher, und zwar übel, als hätte der letzte Schüler die Tür geöffnet, um den Gestank der Schweinepferche nebenan hereinzulassen, und den Geruch dann für alle Zeiten eingesperrt. Nichts sah irgendwie besser aus als früher, weder das verstimmte Klavier noch die vollgekritzelten Pulte. Er öffnete die Tür zur Bücherei und stellte fest, dass sie so klein und uninteressant wie ein Klo war. Er zog die unterste Schublade des Lehrerpults auf. Darin lagen die Antwortschlüssel für Rechtschreib-, Rechen- und Geschichtsaufgaben aus Büchern, auf deren Fragen niemand mehr eine Antwort wollte.

Kein Wunder, dass es keinen kümmerte, dass nächste Woche irgendwelche Fremden kommen und die Pulte und das Podium, vielleicht sogar das Klavier und den Bücherständer der Bücherei kaufen würden. Der Farmer, dessen Land an den Schulhof grenzte, würde das Haus und den Grund bekommen. Niemand würde gegen ihn bieten. Niemand würde es wagen. Soll er das Stück Land doch haben und ein Maisfeld draus machen – das hätte man schon viel früher tun sollen.

Der Junge schlüpfte durch die Kohlenkellertür hinaus und ging nach Hause. Auf dem Schulhof sprangen Grashüpfer, die zu groß für die Schwalben waren, und machten dabei ein Geräusch, das ihn immer an das Brechen eines dürren Astes erinnerte. Er stolperte über den Erdhügel einer Taschenratte, und er dachte daran, dass er auf dem Schulhof nie Taschenratten gefangen hatte, weil ihre Erdhaufen so gute Softballmale abgaben. Wo werden wohl die Zigeuner kampieren, wenn sie nach Norden ziehen, um bei der großen Ernte zu helfen? Wo werde ich wohl mein erstes Picknick machen, wenn ich alt genug bin, um eine Freundin zu haben?

Dritter Teil

Ein totes Huhn

Gewohnheiten

Sie sind etwas, das man immer und immer wieder tut, damit man nicht jedes Mal, wenn man es tut, darüber nachdenken muss, was man tut. Darum braucht man gute Gewohnheiten. Damit man gute Dinge tut, ohne darüber nachdenken zu müssen, bevor man sie tut.

Das leuchtete den Jungs ein. Nur einer von ihnen sagte: Wie zum Beispiel?

Zum Beispiel, dass man seine schmutzigen Socken zusammenfaltet und in den Wäschekorb legt. Dass man sich die Zähne putzt, bevor man zu Bett geht. Dass man sich vor dem Essen die Hände wäscht. Dass man sich kämmt, bevor man hinausgeht. Dass man sein Hemd in die Hose steckt. Dass man sich vor der Tür die Schuhe abputzt. Dass man die Fliegentür geschlossen hält, damit die Fliegen nicht reinkönnen. Dass man «Bitte» sagt. Dass man die Hühner pünktlich füttert. Dass man Schranktüren wieder zumacht. Dass man Kleider aufhängt, sein Zeug nicht im Wohnzimmer liegen lässt, seine Fingernägel sauber macht, den Matsch von den Stiefeln spült, bevor man sie wegstellt, dass man nicht an Mückenstichen kratzt, die Katzenschüssel abwäscht, seine Mütze gerade aufsetzt, dass man keine ungleichen Socken anzieht, sein Essen mit geschlossenem Mund isst und die Reste einpackt, bevor man sie wegräumt, dass man sein Bett macht, den anderen beim Essen die Schüsseln weiterreicht und Suppe nicht schlürft. So was eben.

Und wenn es eine Gewohnheit geworden ist, denkt man über diese Sachen gar nicht mehr nach?, wollte der Junge wissen.

Genau.

Ich hab schon seit langem über keine von diesen Sachen nachgedacht, sagte der Junge. Ich wusste gar nicht, dass ich so viele gute Gewohnheiten habe.

Kirchenbären

Als die Jungs noch ganz klein waren, lebten Bären im Kirchturm. Wenn die Jungs während des Gottesdienstes nicht still sitzen konnten, mussten sie hinauf in den Kirchturm. Vielleicht saßen sie dann wegen der Bären still.

Jeden Sonntag kurz vor dem Gottesdienst wurden in demselben Kirchturm, in dem die Bären lebten, die Glocken geläutet. Das sollte die Bären beruhigen, und wenn die Jungs wussten, was gut für sie war, beruhigten sie sich ebenfalls.

Anscheinend wussten alle kleinen Kinder in der Kirche über die Bären Bescheid, also musste da wohl was dran sein. Allerdings bekamen sie die Bären nie zu Gesicht, obwohl sie sich alle Mühe gaben und, wenn sie die Kirche betraten, in den Turm hinaufsahen, in der Hoffnung, einer der Bären würde über einem Geländer seinen Kopf oder seine Tatze zeigen. Doch sie sahen nur Tauben, und die schienen keine Angst vor Bären zu haben. Aber möglicherweise sparten die Bären ihre Kräfte für Jungs wie sie. Und auch wenn sie die Bären nie sahen, hörten sie doch manchmal ein Knarzen aus dem Kirchturm, das gut von einem Bären stammen konnte, der gerade aufstand oder sich hinlegte. Für Zweifel an der Existenz der Bären schien das Risiko immer zu groß.

Hin und wieder sahen die Jungs, wie andere Jungen aus der Kirche getragen wurden. Einmal schrie einer tatsächlich: Nicht zu den Bären! Nicht zu den Bären!, doch nach der Kirche sahen die Jungs, dass er gesund

und munter war. Sie wussten nicht mit Sicherheit, ob jemals einer den Bären vorgeworfen und nie wieder gesehen worden war. Aber wer wollte schon der Erste sein?

Ein paar Jahre später, um die Zeit, als die Jungs entdeckten, dass es gar nicht der Storch war, der die Ferkel in den Schweinestall brachte, wurde im Keller der Kirche ein Kinderzimmer eingerichtet. Von da an saßen die Familien mit kleinen Kindern nicht mehr in den letzten Reihen. Sie ließen ihre Kinder einfach im Kinderzimmer. Kein Wort mehr von Bären. Es war, als wären die Bären in derselben Woche, in der die Kinder zum ersten Mal im Kinderzimmer bleiben durften, aus dem Kirchturm gelassen worden. Die Jungs fanden, kein Kind, das die Bären im Turm nicht mitbekommen hatte, war je wirklich in der Kirche gewesen. Manchmal schlichen die Jungs sich nach der Kirche in das Kinderzimmer und machten ein paar Spielzeuge kaputt. Diese neuen Kinder brauchten sich zwar keine Gedanken wegen des Kirchturms zu machen, aber wenigstens konnten sie sich den Kopf darüber zerbrechen, was groß genug war, um die Räder ihrer Rennwagen und die Köpfe ihrer Teddybären abzureißen.

Ein totes Huhn

In der Gegend, wo die Jungs lebten, gehörten die Leute zu einer sehr strengen Glaubensgemeinschaft. Ihre Religion lehrte, dass die Menschen böse seien, und wenn man sie sich selbst überließe, würde die Welt sich in einen Sündenpfuhl verwandeln. Wenn man sie sich selbst überließe, würden sie übereinander herfallen wie die Hunde. Oder schlimmer. Die Jungs verstanden es so: Die Menschen wurden nur von Regeln daran gehindert, ihrer bösen Natur zu folgen. Von Regeln und Strafen. Vielleicht sogar noch mehr von den Strafen als von den Regeln.

Doch den Regeln zu gehorchen war wie die Luft anhalten. Wenn man sich wirklich anstrengte, schaffte man es eine Weile, aber früher oder später machte man *paahh!* und folgte wieder seiner angeborenen bösen Natur. Es gab anscheinend keinen Mittelweg. Was man tat, war entweder gut, wie die Luft anhalten, oder schlecht, wie die Luft rauslassen. Ein paar Spiele gehörten vielleicht in die gute Kategorie, solange man nicht am Sonntag spielte und alle fair waren. Das sollte wahrscheinlich heißen, dass es einem nichts ausmachte, wenn man verlor, und man sich nicht freute, wenn man gewann. Fast jede Arbeit war wahrscheinlich durch und durch gut, weil man sich schlecht fühlte, wenn man sie tat. Am schwersten war zu verstehen, warum Sachen, bei denen man sich gut fühlte, wenn man sie machte, nachher so schlecht aussahen.

Ich bin sehr enttäuscht, dass du das getan hast.

Wie konnte jemand enttäuscht sein, weil ein Junge etwas getan hatte, bei dem er sich gut fühlte? Er folgte doch bloß seiner angeborenen bösen Natur. Sollte er etwa die Luft anhalten und an eine Regel glauben, die seinem eigentlichen Ich widersprach?

Eines Tages fing ein Junge, der zu viel über Gut und Böse nachdachte, ein Huhn und steckte es kopfüber in einen Fünf-Liter-Eimer voll Wasser. Als das Huhn tot war, fragte er sich nicht: Warum hab ich das eigentlich getan? Er fragte sich vielmehr: Was kann ich jetzt mit diesem toten, nassen Huhn machen? Sollte heißen: Wo kann ich es verstecken? Er vergrub es im Wäldchen, und als er wieder in die normale Welt hinaustrat, sah nichts besonders gut oder böse aus.

Er hätte sich eigentlich schuldig fühlen müssen, weil er etwas so Schlimmes getan hatte. Doch er fühlte sich nicht schuldig. Er hätte bestraft werden müssen, weil er etwas so Böses getan hatte. Doch er wurde nicht bestraft. Als er sich umsah, hatte er nicht das Gefühl, besser oder schlechter zu sein als irgendjemand oder irgendetwas ringsum. Nur eines hatte sich verändert, und das war das Huhn. Das schien die Dinge weder besser noch schlechter zu machen. Und damit war er wieder ziemlich genau da, wo er angefangen hatte.

Hausbesuch

Einmal im Jahr bekam jede Familie Besuch vom Pfarrer und von einem Presbyter der Gemeinde. Dieser Hausbesuch war so bedeutsam, dass man das ganze Haus makellos sauber putzen und sämtliche Löwenzahn im Garten jäten musste. Der Hausbesuch bedeutete, dass man die Latzhosen ausziehen und am hellichten Tag und mitten in der Woche Anzug und Krawatte anziehen musste. Der Hausbesuch war eine ernste Sache, und die Jungs wussten das.

Besucher und bezahlte Arbeiter gingen, wenn der Pfarrer und der Presbyter auf den Hof fuhren. Diese Männer in ihren schwarzen Anzügen kamen nicht, um über Aussaat oder Ernte zu reden, das war mal sicher. Sie waren eher wie Steuerprüfer vom Finanzamt, die einen Blick in das geheime Leben der Leute werfen wollten, um zu sehen, was unterm Strich stand.

Und wie sieht es mit eurem Seelenleben aus?, fragte der Pfarrer gern, nachdem er die Versammlung mit einem Gebet eröffnet hatte, das nicht so sehr nach den Sünden fragte, deren sie sich schuldig gemacht hatten, als diese Sünden vielmehr aufzählte – selbst solche, von denen sie gar nicht wussten, dass sie sie begangen hatten, denn sie waren ja ohnehin schuldig geboren. Er fragte, ob die Familie gespendet habe, ob man den Namen des Herrn missbraucht und den Sabbat geheiligt habe. Er fragte, ob irgendeiner irgendetwas auf dem Herzen habe, über das gesprochen werden müsse. Der Presbyter hörte dem Pfarrer zu und fügte dann noch eine Frage hinzu. Manchmal stellte der Presbyter die schwierigsten Fragen, wie zum Beispiel: In welcher Hinsicht habt ihr das Gefühl, in diesem Jahr Gott näher gekommen zu sein? Die Jungs saßen nervös auf dem Sofa und hofften, dass die Erwachsenen alle Fragen beantworteten, sodass für sie keine mehr übrig blieben.

Doch in einem Jahr kam der Pfarrer in Begleitung des jüngsten Presbyters, der je in den Kirchenvorstand gewählt worden war. Er glaubte, es sei besser, wenn die Leute sich wohl fühlten, bevor das ernsthafte Gespräch begann. Er plauderte mit den Jungs über Baseball und den Landjugendverein. Er fragte sie, ob auf der Farm Ferkel geboren worden seien. Er fragte sie nach Fritzy, ihrem neuen Hund. Er fragte sie, ob Fritzy bei der Arbeit half.

Na klar!, sagte einer der Jungs. Er jagt die Schweine. Er bellt und jagt die Schweine, wenn sie entwischen wollen.

Jetzt wollten alle Jungs dem Presbyter von Fritzys Eskapaden erzählen. In ihrer Aufregung fielen sie einander ins Wort, und jeder versuchte, Fritzys Großtaten neue Dimensionen zu verleihen. Sie waren so aufgedreht, als hätte einer aus Versehen in der Sonntagsschule gefurzt, und ein Junge platzte heraus: Ja, und Fritzy hat den Eber in die Eier gebissen!

In diesem Jahr war der Hausbesuch nicht so schlimm, wie die Jungs gedacht hatten. Sie saßen die ganze Zeit mit roten Gesichtern auf dem Sofa, aber die Erwachsenen beantworteten alle Fragen des Pfarrers, bevor er auch nur auf den Gedanken kommen konnte, die Jungs etwas zu fragen. Der junge Presbyter saß mit weit aufgerissenen Augen und zusammengekniffenen Lippen da. Er sah aus, als hätte er einen Stoß mit einem elektrischen Viehstock gekriegt. Von allen, die im Wohnzimmer saßen, schien er derjenige zu sein, zu dem Gott am direktesten gesprochen hatte.

Zigeuner

Die Zigeuner waren wieder auf dem Schulhof, genau wie im Jahr zuvor. Sie hatten alte Armeelastwagen, auf deren mit Planen abgedeckten Ladeflächen die Frauen und die Kinder saßen. Man wusste nie, wie viele sie eigentlich waren, wenn ihr langsamer Konvoi vorbeifuhr, immer auf der Schotterpiste neben der Landstraße, nach Norden oder nach Süden, je nachdem, wo gerade Ernte war.

Wenn sie dann abends irgendwo anhielten, stiegen eine Unmenge von Sängerinnen und Tänzerinnen von den Wagen. Oder jedenfalls klang es so von dort, wenn die Sonne untergegangen war. So viele fröhliche Geräusche, und so wenig Licht, um zu sehen, was sie da eigentlich machten. Niemand wusste genau, was sie eigentlich machten. Sie waren auch nicht so laut, dass irgendjemand in der Gegend sich hätte beschweren können. Wer hätte es gewagt zu sagen: Hört auf zu kichern, hört auf zu lachen, hört auf, diese schönen Lieder zu singen, hört auf, mit den Schellen zu klingeln! Wenn es unter den Zigeunern welche gab, die hin und wieder wütend oder gemein waren, dann waren sie sehr leise. Vielleicht sparten sie es sich für unterwegs auf. Vielleicht stritten sie sich tagsüber auf den Ladeflächen. Nachts stritten sie sich jedenfalls nicht. Alles, was man hörte, waren diese fröhlichen Geräusche, die den Farmern in der Gegend unbehaglich waren – aber was konnte man schon sagen? Manchmal kam einer von ihnen sogar und fragte, ob sie auf dem Schulhof kampieren dürften. Was konnte man da sagen? Der Schulhof gehörte einem ja nicht. Und selbst wenn – wer hätte da nein sagen können? Und die Zigeuner ließen nie ein Durcheinander zurück. Am nächsten Morgen sah der Schulhof aus, als wären sie nie da gewesen.

Manchmal verließ einer der Zigeuner nachts den Schulhof, immer ein junger Mann. Aber er wollte immer bloß ein paar Eier kaufen oder etwas eintauschen. Und nie viel.

Und dann waren sie wieder verschwunden. Einer der Jungs versuchte dann, eines der Lieder zu summen, die er in der Nacht zuvor gehört zu haben glaubte, aber er kriegte es nie ganz richtig hin. Irgendjemand behauptete immer, er habe gesehen, wie getanzt wurde, kurz vor Sonnenuntergang, aber niemand konnte je den Tanz beschreiben. Wie viele waren von den Lastwagen gestiegen? Die Zahlen gingen um Hunderte auseinander. Irgendein Farmer behauptete immer, dass ihm ein Huhn oder ein paar Eier fehlten. Aber wer zählt schon seine Hühner und Eier? Niemand wusste etwas Genaues. Hatte jemand überhaupt die Lastwagen gezählt?

Die Bekehrten

Ein Missionar kam mit zwei jungen Frauen, die jetzt gläubig waren, aus Nigeria zurück. Der Pfarrer nannte sie Bekehrte. Sie trugen mehr Kleider, als sie es gewohnt gewesen waren, und hatten für Trommeln keine Verwendung mehr. Sie konnten ein bisschen Englisch und hatten zwei Kirchenlieder gelernt. Sie standen eines Sonntagmorgens vorn in der Kirche und lächelten, als wären sie glücklich über das, was mit ihnen passiert war.

Die Jungs hatten noch nie jemanden gesehen, der so schwarz war. Sie waren so schwarz wie Katzenwelse. Nur ihre Handflächen sahen heller aus, fast so hell wie der Bauch von einem Katzenwels. Ihre Gesichter und Arme glänzten, als wären sie gerade aus dem Wasser gekommen.

Der Pfarrer stellte sie vor. Sie würden die beiden Kirchenlieder singen, die sie gelernt hatten: «What a Friend We Have in Jesus» und «Swing Low, Sweet Chariot». Der Organist spielte eine Einleitung, und dann fingen sie an zu singen. Ihre Stimmen waren ganz anders als alle, die je in dieser Kirche gesungen hatten. Es klang, als brüllte ein Löwe im Schweinestall. Sie waren phantastisch! Sie waren so gut, dass sie die Orgel übertönten. Sie waren so gut, dass die Leute anfingen, sich auf den Kirchenbänken hin und her zu wiegen.

Auch die Jungs wiegten sich hin und her. Einer klopfte mit der Hand den Rhythmus auf der Bank, aber ein Erwachsener legte seine Hand darauf. Dann sahen die Jungs, wie die Leute ihre Nachbarn mit den Ellbogen anstießen, damit sie mit dem Wiegen, das sich überall ausbreitete, aufhörten. Als die Frauen fertig waren mit Singen, spielte die Orgel noch ein paar Minuten weiter, lauter als je zuvor, als wollte sie das letzte Wort haben.

Dann war es still. Alle saßen reglos und schweigend da, und die Frauen setzten sich. Die Jungs hatten das Gefühl, als wäre gerade etwas Schreckliches passiert. Sie wurden rot, als hätten sie eine Scheibe im Keller der Kirche eingeworfen oder während des gemeinsamen Gebets gefurzt. Diese Frauen waren wirklich gefährlich.

Tornado

Es war genau so, wie sie es immer beschrieben hatten: ein heißer, schwüler Tag, die Luft gegen Abend zu unbewegt, und dann zog von Südwesten der dicke Bauch einer schwarzen Wolke mit nur einem kleinen Streifen Himmel darunter auf. Man rief sich gegenseitig an, legte Decken für den Keller bereit und stand da und beobachtete die Wolke. Als ein Stück davon anfing herunterzubaumeln wie eine Haarlocke, die einem in die Stirn fällt, mussten die Jungs in den Keller gehen und dort bleiben.

Sie saßen im Dunkeln, inmitten von eingemachten Tomaten und Apfelmus, und warteten auf die Erwachsenen, die nicht kamen. Sie kamen nicht. Die Jungs überlegten, was sie tun würden, wenn die Erwachsenen alle umkämen. Was, wenn überall nur die Kinder in den Kellern saßen und all die blöden Erwachsenen der Gegend wie Suppe oder Kuchenteig zusammengemantscht wurden?

Einer der größeren Jungen wurde ernst und sagte: Vielleicht sollten wir beten.

Was sollen wir denn beten?, fragte ein anderer. Abends, wenn ich schlafen geh?

Doch bevor irgendeinem eingefallen war, um was sie beten konnten, öffnete sich die Kellertür.

Ihr könnt rauskommen, sagte einer der Erwachsenen. Er ist vorbeigezogen.

So viel zu diesem Tornado. Es war Samstagabend. Der Tornado hatte sie daran gehindert, in die Stadt zu fahren, und dabei hatten sie ihn noch nicht mal zu sehen bekommen. Obendrein war er vorbeigezogen. Und morgen war Sonntag, was bedeutete, dass man den halben Tag in der Kirche sitzen musste. Da konnte man eigentlich genauso gut im Keller bleiben.

Doch am Sonntagmorgen ging es lebhafter zu, als sie erwartet hatten. Der Tornado war nicht an allen vorbeigezogen. Er hatte eine ganze Siedlung von Katholiken weiter im Westen erwischt. Er hatte sie übel erwischt. Und so hatten alle, die in dieselbe Kirche gingen wie die Jungs, vor dem Gottesdienst etwas zu reden.

Die Jungs wussten nicht viel über Katholiken. Sie wussten, dass sie Götzendienst trieben. Sie wussten, dass sie zu viel Fisch aßen. Sie wussten, dass sie zu viel tranken und fluchten. Sie wussten, dass sie Bingo spielten und weltliche Vergnügungen wie das Kino besuchten und weltliche Tänze tanzten. Tänze, die anders waren als Squaredances. Sie wussten, dass sie sonntags spielten und manchmal Arbeit verrichteten, die nicht unbedingt notwendig war. Sie hatten keine klare Vorstellung, was es bedeutete, den Sabbat zu heiligen. Aber was die Leute an jenem Sonntag vor dem Gottesdienst über die Katholiken sagten, hörte sich so schlimm an, dass es kein Wunder war, dass der Pfarrer für sie betete.

Das Beste an diesem Sonntag kam nach der Kirche. Wagenladungen von Leuten wollten zu den Katholiken fahren und sehen, was der Tornado bei ihnen angerichtet hatte.

Es war schlimmer, als die Jungs es sich vorgestellt hatten.

So müssen Sodom und Gomorrha ausgesehen haben, nachdem der Herr sie gestraft hat, sagte ein Erwachsener.

Ein Miststreuer war verdreht wie ein Spültuch, sodass eine Hälfte normal dastand, die Räder aber zum Himmel gekehrt waren. Das Dach eines Schweinestalls war etwa eine halbe Meile entfernt gelandet. Ein Stück Nähmaschine war die Straße hinuntergerollt und an der Böschung liegen geblieben. Auf den Feldern und in den Gräben lag eine Menge Bettgestelle und Matratzen herum, und ein anderer Erwachsener sagte: Na klar – bei den vielen Kindern, die die haben.

Den Jungs war zwischen so vielen Katholiken und ihrem Durcheinander unbehaglich zumute. Es liefen eine Menge Katholiken herum, die Stücke von ihren Häusern aufschichteten oder das Vieh, das noch am Leben war, zusammentrieben. Auch Kinder waren dabei. Jeder fasste mit an, als könnten sie alles in kürzester Zeit wieder reparieren.

Seht euch das an, sagte einer der Erwachsenen. Selbst nach einem so schrecklichen Unglück arbeiten sie noch am Sonntag.

Und das ließ die Jungs an diesem Tag eine Menge über Sünde nachdenken und darüber, dass das Gute, das man tun will, einen nur noch schlechter macht, wenn man auf der falschen Seite steht. Jedenfalls erledigten sie an diesem Sonntag nur die Arbeiten, die unbedingt erledigt werden mussten. Sie wollten nicht, dass ein katholischer Tornado über sie hereinbrach.

Fußfäule

Es war erst sein erstes Jahr in der Landjugend, und der Junge hatte einen Stier, der gute Chancen hatte, den großen Preis zu gewinnen. Es war ein Hereford-Stier mit hervorragenden Anlagen – genau die richtige Höhe und genau die richtige Menge Fett.

Der Junge taufte das prachtvolle Tier auf den Namen Duke und übte mit ihm die Präsentation im Vorführring. Aber dann, zwei Wochen vor der Schau, bekam Duke Fußfäule: tiefe Risse in den Klauen, die aussahen wie ein schlimmer Fall von Fußpilz. Die Tinkturen des Tierarztes halfen nicht. Duke zuckte nur und trat, weil es so brannte.

Also versuchte der Junge es mit beten. Lieber allmächtiger Gott im Himmel, sagte er, wenn du Dukes Fußfäule heilst, werde ich nie mehr fluchen. Nicht mal ein schmutziges Wort werde ich mehr in den Mund nehmen. Jesus ist mein Zeuge. Amen.

Das Gebet wirkte. Am nächsten Tag sah Duke ganz normal aus. Doch der Junge dachte, er habe sich mit seinem Gebet vielleicht in eine Klemme gebracht. Die Bedingungen, die Gott bei diesem Geschäft zu erfüllen gehabt hatte, waren ganz schön leicht zu erfüllen gewesen, und er war sich nicht so sicher, ob das für ihn selbst auch galt. Vielleicht hätte ich sagen sollen, dass ich bloß noch ab und zu fluchen werde, dachte er, oder dass ich nicht mehr fluchen werde, wenn mein Großvater dabei ist.

Ein weiteres Problem war: Wo genau hörten saubere Worte auf und fingen schmutzige Worte an? Für

Gott gab es wahrscheinlich nur Entweder-Oder – entweder Fußfäule oder keine Fußfäule –, aber dem Jungen gingen gleich eine ganze Reihe von Wörtern durch den Kopf, die zwischen sauber und schmutzig lagen.

Und was ist, wenn man gute Wörter wie einen Fluch gebraucht?, fragte er sich. Er kannte Leute, die das konnten. Und er kannte auch ein paar Leute, die schmutzige Wörter auf eine nette Art sagen konnten. Vielleicht war beides Fluchen. Vielleicht auch keins von beidem.

Der Junge suchte ein Schlupfloch aus seinem Gebet. Hab ich gesagt *fluchen auf* oder nur *fluchen*? Wenn ich bloß *fluchen* gesagt hab, könnte es sein, dass ich in echten Schwierigkeiten bin, denn dann gehört möglicherweise auch das dazu, was ich in meinem Kopf sage, ohne das Wort auch nur auszusprechen.

Der Junge fand, es sei besser, die Sache noch vor der Landwirtschaftsschau zu klären, denn sonst würde Gott Duke vielleicht im Vorführring strafen, vor den Preisrichtern und allen anderen. Ihm alle Beine brechen oder so. Er beschloss, dass es in der Zwischenzeit wohl am besten sei, so wenig wie möglich zu reden, Unterhaltungen zu meiden und sich vor allem von solchen Gesprächen fernzuhalten, bei denen er auf jemanden wütend werden konnte. Um Fragen aus dem Weg zu gehen, sagte er, er habe Halsschmerzen, und war froh, dass er nicht gelobt hatte, er werde nie mehr lügen.

Er schaffte die letzte Woche vor der Landwirtschaftsschau mit so gut wie gar keinem Ausrutscher, abgesehen von ein paar grauen Worten, die nicht auf irgendjemand Besonderen gemünzt waren und wahrscheinlich nicht als Flüche gewertet werden würden. Jedenfalls nicht von jedem. Bestimmt nicht von den Leuten, die bei der Landwirtschaftsschau sein würden, und die, die sich dort herumtrieben, mussten in dieser Frage ja wohl der Maßstab für Gut und Böse sein.

Duke gewann nicht den ersten Preis, aber das war ja auch nicht die Bedingung gewesen. Er wurde Jahrgangssieger – sozusagen Champion zweiter Klasse. Als der Junge Duke aus dem Vorführring führte, sah er, dass einer der geheilten Hufrisse sich wieder ein kleines bisschen geöffnet hatte. Allerdings nicht weit genug, um sich auf die Beurteilung oder so auszuwirken. Es war, als habe Gott ihm hiermit erlaubt, die Sache ein wenig lockerer zu sehen – nicht wild herumzufluchen, aber sich wenigstens ganz normal mit den anderen Leute auf der Schau zu unterhalten und dabei vielleicht mal über das eine oder andere schmutzige Wort zu stolpern, ohne sich darüber allzu viele Gedanken zu machen.

Nachtjagd

In der Kirche, in die die Jungs gingen, brachte man ihnen bei, dass es verderbt war, ins Kino zu gehen. Die Jungs unterhielten sich mit Stadtkindern, die zu einer anderen Gemeinde gehörten und ins Kino gingen, sogar ins Autokino, wo jeder sehen konnte, wer da war. Die Stadtjungen erzählten ihnen, wie viel Spaß es machte, auf dem Rücksitz zu sitzen und durch die Windschutzscheibe zuzusehen, wenn auf der großen Leinwand die Schießerei losging.

Daran dachten die Jungs, wenn sie mit den Männern auf Nachtjagd gingen. Ihre Aufgabe dabei war, nach dem Wildhüter Ausschau zu halten, und das hieß, auf Wagen zu achten, die sich zu sehr für die über die Felder streichenden Scheinwerferpaare interessierten oder zu langsam auf der Straße vorbeifuhren.

Es gab zwei Arten von Nachtjagden. Bei der einen fuhr man auf einem Weg oder über ein ebenes Stoppelfeld und hatte es auf Eselhasen abgesehen. Manchmal versuchte man dann, den Hasen zu überfahren, aber auf jeden Fall verfolgte man ihn mit hoher Geschwindigkeit, während einer sich aus dem Fenster lehnte, mit seiner automatischen Flinte auf den im Zickzack rennenden Hasen schoss und auf einen Glückstreffer hoffte. Die andere Art war die langsame Nachtjagd, bei der der Wagen durch das hohe Gras kroch und man darauf wartete, dass ein Fasan seinen beringten Hals reckte, damit man ihn mit einem wohl gezielten Schuss aus der Schrotflinte erlegen konnte.

Eines Nachts wollten sie es mit beiden Arten von Nachtjagd probieren, erst auf dem Weg, dann über das Stoppelfeld zur sauren Wiese, wo der Schütze die 22er weglegen und die Schrotflinte laden würde.

Die Jungs sahen sich zwar hin und wieder nach Scheinwerfern um, interessierten sich aber mehr dafür, was die Männer wohl erlegen würden. Die meiste Zeit starrten sie durch die Windschutzscheibe, so wie die Stadtjungen es wohl im Autokino taten, und warteten darauf, dass die Schießerei begann. In dieser Nacht stöberten sie keine Eselhasen auf, nicht einen Einzigen, und die Männer redeten darüber, dass es vielleicht wieder zu viele Füchse gebe. Dann fuhren sie langsam durch das Gras. Ein Mann saß mit der Schrotflinte auf dem Kotflügel, und der Fahrer fuhr ganz langsam. Die Jungs sahen den Fasanenkopf gar nicht – er war zu weit unten auf der Leinwand der Windschutzscheibe –, aber der Fahrer hielt an, und der Schütze zielte. Der Schuss knallte laut, es roch herrlich nach Pulverdampf, und dann schaltete der Fahrer das Licht aus. So machten sie es immer. Jetzt sollten die Jungs ganz besonders gründlich nach dem Wildhüter Ausschau halten. Der Schütze stieg vom Kotflügel und tastete sich durch das Gras, bis er den warmen, blutigen, fedrigen Fasan gefunden hatte. Er reichte ihn den Jungs und ließ den Blick über den Horizont schweifen. Es waren keine Scheinwerfer zu sehen, aber einer der Jungs glaubte in der Entfernung einen Motor zu hören.

Das reichte, um die Jagd für diese Nacht abzublasen. Ganz langsam und mit ausgeschaltetem Licht fuhren sie zurück zum Haus. Der Schütze hielt das Gewehr und die Schrotflinte zum Fenster hinaus, damit er sie wegwerfen konnte, falls der Wagen des

Wildhüters auftauchte. Die Jungs saßen auf dem Rücksitz, immer bereit, den Fasan wegzuwerfen.

Auf diese Weise erreichten sie ihren sicheren Hafen. So musste es sein, wenn man sich vom Autokino nach Hause schlich, ohne dass einen einer von der Gemeinde sah, dachte einer der Jungs, doch selbst mit dem Fasanenblut auf Hemd und Händen stellte er sich vor, dass das Kino bestimmt eine tolle Sache war.

Der neue Pfarrer

Der neue Pfarrer war vor kurzem aus der alten Heimat gekommen. Er hatte einen Akzent, sprach aber gut Englisch und hielt wunderbare Predigten. Der Gemeinde gefiel die Art, wie er die Rs rollte und wie er es schaffte, dass sie sich im Verlauf einer einzigen Predigt erst schlecht und dann gut fühlten: Er hielt ihnen vor Augen, wie groß und zahlreich ihre Sünden waren, und zeigte ihnen dann, wie sie diese Sünden loswerden konnten. Er war ein großer Erfolg, aber manchmal kamen seine Worte beim gemeinschaftlichen Gebet einfach falsch heraus.

Eines Sonntags betete er für die Missionare ihrer Kirche in Nigeria, und was er in seiner lauten, volltönenden Stimme sagte, war: O Herr, behüte und beschütze unsere Missionare in Nigger-ia.

Niemand in dieser Gemeinde hätte je an einem heiligen Ort gelacht. Man lacht nicht in der Kirche, wenn der Pfarrer seine Predigt hält. Und auch jetzt lachte niemand.

Aber ein andermal betete er und wollte sagen: O Herr, bewahre uns arme Sünder vor den Hindernissen Satans. Doch diesmal sagte er: O Herr, bewahre uns arme Sünder vor den Hinternissen Satans.

Manche husteten in ihr Taschentuch. Andere gaben Geräusche von sich, die man als leise Schluchzer durchgehen lassen konnte. Mütter kniffen ihre Kinder so fest, dass sie dem Weinen näher waren als dem Kichern.

Der Pfarrer hielt einen Augenblick inne, als denke er darüber nach, wie er das anders hätte ausdrücken können, fuhr aber fort: O Herr, dein Wille geschehe. Das war seine Art, sich für seinen Versprecher zu entschuldigen.

Nach dem Gottesdienst war man sich einig, dass Satan sich diesmal im Heiligtum des Herrn eine ganze Menge herausgenommen hatte. Doch obwohl er der Zunge des Pfarrers einige Streiche gespielt hatte, waren alle mucksmäuschenstill gewesen, und man hatte nicht ein einziges Kichern gehört. Und darüber mussten alle sehr lachen.

Die Frau des Pfarrers

Es gab zwei Gründe, warum die Leute es immer merkten, wenn die Frau des Pfarrers die Kirche betrat: Sie hatte mehr Kinder als irgendjemand sonst, und sie war die schönste Frau von allen.

Während des Gottesdienstes sahen die Jungs oft zu ihr hinüber und wünschten, sie wäre eine von den Frauen, die ihre Kinder in der Kirche stillten. Doch diese wunderschöne Frau war so zurückhaltend, dass sie sich wohl kaum auf diese Weise in der Kirche zeigen würde. Noch irgendwo sonst, wo die Jungs sie sehen konnten.

An einem Abendmahlssonntag lud der Pfarrer nach dem Gottesdienst die Gemeinde zum Kaffeetrinken ins Pfarrhaus ein. An den Abendmahlssonntagen zog sich der Gottesdienst immer hin, weil der Pfarrer so lange brauchte, um den Wein aus dem großen silbernen Krug in all die Abendmahlkelche zu gießen. Die Gemeinde trank den Wein an jenem Sonntag sehr schnell, und daran merkte er wahrscheinlich, dass ihnen daran lag, die harten Kirchenbänke hinter sich zu lassen. Es war eine nette Geste von ihm, sie ins Pfarrhaus mit seinen weichen Sesseln einzuladen. Natürlich musste die schöne Frau des Pfarrers den Kaffee für all die Besucher kochen.

Die Jungs standen auf der Veranda, sahen zu, wie die Erwachsenen sich im Wohnzimmer in Sessel setzten, und bemerkten, dass die Frau des Pfarrers mit ihrem kleinsten Baby in die Küche ging. Vielleicht wollte sie es stillen! Die Jungs spähten durch den Spalt der Küchentür. Ja, sie stillte es, aber selbst in ihrer eigenen Küche war sie so zurückhaltend, dass sie ihre Brust und das Gesicht des Kindes mit einem Geschirrtuch bedeckt hatte.

Später versuchten es die Jungs noch einmal. Als sie sich anschlichen, rochen sie frischen Kaffee und rechneten nicht damit, etwas Ungewöhnliches zu sehen. Mit der einen Hand hob die Frau des Pfarrers eine Tasse nach der anderen hoch, mit der anderen drückte sie auf ihre Brust. Sie spritzte in jede Tasse ein wenig von ihrer Milch.

Kurz darauf servierte sie ihren Gästen den Kaffee. Jeder hielt seine Tasse im Schoß, bis alle eine hatten. Dann führten sie sie alle gleichzeitig an den Mund, wie in der Kirche die Abendmahlkelche, nur dass diesmal keiner sagte, es sei zum Gedenken an etwas. Alle nickten und sagten Freundliches über den Kaffee. Die Frau des Pfarrers errötete, wie immer, wenn die Mitglieder der Gemeinde ihr zeigten, wie sehr sie sie mochten.

Am Abend, als die Jungs zu Bett gingen, redeten sie über die Frau des Pfarrers und das, was sie gesehen hatten. Ein Junge sagte: Wisst ihr eigentlich noch, wie es ausgesehen hat?

Keiner wusste es.

Ich weiß bloß eins, sagte der Jüngste. Es waren achtundzwanzig Tassen, und keiner brauchte Milch nachgeschenkt zu bekommen.

Fürze

Haltet euch die Nase zu! Da kommt er!

In der Kirche, wenn er predigte, lag eine sichere Entfernung zwischen ihm und der Gemeinde. Wahrscheinlich trugen die Ventilatoren an den Fenstern das ihre bei. Manchmal fing das große Mikrophon auf dem Podium ein paar unpassende Geräusche auf, aber die Gemeinde hatte sich daran gewöhnt, und die Rundfunkhörer konnten unmöglich wissen, was für Geräusche das waren.

Aber unter der Woche, wenn er sein seelsorgerisches Amt ausübte, ließ er hin und wieder mal zur Unzeit einen fahren. Bei einem Krankenbesuch vielleicht. Oder bei einer Trauung, genau wenn Braut und Bräutigam vor ihm knieten. Oder, noch schlimmer, bei einer Gebetsversammlung, zu der Leute kamen, die um besseres Wetter beteten.

Ein alter Mann in der Gemeinde fand, dieser Pfarrer sei ungeeignet für sein Amt. Was er in Gegenwart anderer Leute tut, ist eine Sünde!, sagte er. An ihren Früchten sollt ihr sie erkennen!

Als die Presbyter der Gemeinde dem Pfarrer von der Beschwerde des alten Mannes erzählten, lief er rot an und sagte: Möge das Feuer meines Herzens so heiß brennen wie das Feuer in meinen Därmen! Bringt den Mann her. Und für kurze Zeit war die Luft in dem kleinen Presbyterzimmer so klar und rein wie Frühlingsluft.

Was weißt du von den Angelegenheiten der Seele?, fragte er den alten Mann.

Ich weiß, dass nicht das, was eingeht, den Menschen unrein macht, sondern das, was ausgeht, sagte der alte Mann und hielt seine Bibel in der Hand.

Der Gestank deines Herzens erfüllt diesen Raum, sagte der Pfarrer. Merket ihr noch nicht, dass alles, was zum Munde eingeht, das geht in den Bauch und wird auf natürlichem Wege ausgeschieden. Was aber zum Munde herausgeht, das kommt aus dem Herzen, und das macht den Menschen unrein. Der Pfarrer schlug Matthäus 15, 16–17 auf, die Stelle, die der alte Mann offenbar missverstanden hatte.

In diesem Augenblick ließ der Pfarrer einen lauten Furz fahren. Bitte, sagte er mit derselben Stimme wie Leute, die die letzte Hypothekenrate bezahlen.

Sogleich verschwanden die Zornesfalten aus dem Gesicht des alten Mannes, als hätte der Furz die tobenden Wogen seines Geistes geglättet, als hätte er endlich begriffen, dass er sich in der Gegenwart eines Mannes befand, dessen ganzes Leben ein einziges Gleichnis war.

Ihr wisst, was richtig ist

Wenn die Jungs samstags abends in die Stadt gingen, ermahnten die Erwachsenen sie, sich aus allem Ärger herauszuhalten, indem sie sagten: Ihr wisst, was richtig ist. Immer diese Worte. Ihr wisst, was richtig ist. Nachdem sie das so oft gehört hatten, glaubten die Jungs, dass sie tatsächlich wussten, was richtig war. Nur: Wenn sie in der Stadt herumliefen, war es nicht immer so leicht.

An einem Samstagabend war das Erste, was passierte, dass irgendwelche Stadtjungen ihnen den Finger zeigten und riefen: Na, ihr Fürze – ihr habt Dreck an der Schürze!

Der älteste Junge antwortete sofort, indem er seinerseits den Finger reckte und rief: Und ihr Idioten habt Scheiße an den Pfoten!

Der Jüngste sagte: War das richtig, denen so nachzuschreien?

Die anderen waren sich nicht sicher. Sie ließen die Stadtjungen stehen und dachten darüber nach. War das richtig? War das richtig?, fragten sie sich immer wieder. Etwas später blieben sie vor dem Schaufenster eines Autohändlers stehen. Sie lehnten sich daran, sahen die Straße hinauf und hinunter und fragten sich, was wohl als Nächstes passieren würde.

Lehnt euch nicht an das Fenster!, rief der Verkäufer. Die Jungs wussten, dass der Mann an ihren Arbeitsschuhen und Latzhosen erkennen konnte, dass sie vom Land waren. Drinnen führte der Verkäufer einem gut gekleideten Paar, das nach Stadt aussah, einen

Wagen vor. Los, wir machen einen Furzangriff, sagte der älteste Junge.

Die Jungs hatten einen Plan. Sie stiegen in den Wagen, den sich das gut gekleidete Paar als Nächstes ansehen würde. Die Jungs, die konnten, ließen einen fahren. Dann schlüpften sie hinaus und machten die Türen zu. Von der anderen Straßenseite sahen sie zu, wie das Paar in den verstunkenen Wagen einstieg. Der Mann sah die Frau an und sagte etwas. Dann sagte die Frau etwas zu dem Mann und machte ein böses Gesicht. Sie gaben sich gegenseitig die Schuld an dem Gestank. Dann stiegen sie aus und sahen den Verkäufer an, als sei er vielleicht derjenige, der den Wagen so verstunken hatte. Sie schüttelten den Kopf und gingen.

Die Jungs versuchten, nicht vor dem Paar zu lachen, doch dann sagte der Jüngste: Aber war das richtig?

Das ließ einen der Jungs laut auflachen, und bald rannten sie alle die Straße hinunter und lachten. Aufhören!, sagte einer der Jungs. Ich mach mir noch in die Hosen!

Aber wäre das richtig?, fragte ein anderer. Jetzt mussten alle so lachen, dass sie Angst hatten, sie könnten sich in die Hosen machen.

Das Klo in der Tankstelle!, rief einer von ihnen. Sie rannten hin, um zu pinkeln. Der älteste Junge war der erste am Pissbecken.

Im Pissbecken lag eine Hand voll Münzen. Es war eines von denen, die wie eine Tasse geformt sind und deren Boden mit ein paar Zentimetern Wasser bedeckt ist. Jemand hatte die Münzen hineingeworfen und dann darauf gepinkelt. Wenn man die Spülung zog, wären die Münzen ebenfalls weg. Aber jeder, der die

Münzen haben wollte, musste mit der Hand in die Pisse eines anderen fassen.

Die Jungs sahen sich an, und es war, als wäre in ihren Köpfen zum ersten Mal an diesem Abend ein helles Licht angezündet worden.

Der älteste Junge holte ein paar Münzen aus der Tasche, warf sie in das Becken, trat näher heran und pinkelte hinein.

Ich auch, sagte der Nächste und trat höflich näher. Und so gab jeder sein Teil an Geld und Urin hinzu, bis der Haufen aus Münzen leuchtete wie ein Kollekteteller.

Das war richtig!, sagte der letzte Junge und knöpfte sich die Hose zu.

Schmetterlinge

Wenn die Männer auf dem Feld arbeiteten, konnte man sie ganz einfach auseinander halten. Selbst wenn man ihre Gesichter nicht sehen konnte oder nicht nah genug war, um ihre Größe und Statur erkennen zu können, verriet einem die Art, wie sie sich bewegten, wer sie waren. Wenn einer sich bückte, um eine Distel auszureißen, oder den Ellbogen auf einen Zaunpfosten legte, war es, als würde er seinen Namen mit großen Buchstaben in die Luft schreiben, so deutlich war zu sehen, wer er war.

Aber an Sonntagen, wenn die Männer dunkle Anzüge trugen und auf den Kirchenbänken saßen, sahen sie alle gleich aus. Alle Gesichter waren braun gebrannt bis auf den weißen Streifen auf der Stirn, wo das Hutband saß. Und wenn sie beim gemeinschaftlichen Gebet die Köpfe neigten, schienen sie in Pflanzen verwandelt, die in geraden Reihen keimten. Wenn man wissen wollte, wer wer war, musste man sich ins Gedächtnis rufen, wer wo seinen Platz hatte.

Doch wenn der Gottesdienst vorüber war und sie aus der Kirche mit den Rosettenfenstern traten, waren sie wie Schmetterlinge, die aus ihren Kokons kriechen. All ihre verschiedenen Farben wurden klarer und leuchtender, wenn sie im Sonnenlicht auf die glänzenden Felder zugingen. Einer nach dem anderen wurden sie, jeder auf seine eigene Weise, wieder sie selbst.

Vierter Teil

Narben

Gedanken über die Großstadt

Die Leute, die von dort kamen, waren anders. Sie konnten nicht still sitzen. Zuerst redeten sie zu schnell. Dann aßen sie zu langsam. Statt «Dinner» sagten sie «Lunch», und statt «Supper» sagten sie «Dinner». Abends musste man ihnen sagen, wann es Zeit war, zu Bett zu gehen, und morgens wachten sie nicht ohne Wecker auf. Wenn sie etwas wissen wollten, sagten sie «Sag mir», anstatt «Zeig mir». Sie lächelten, wenn es gar nichts zu lächeln gab. Sie halfen Leuten, die gar keine Hilfe brauchten. Sie benahmen sich, als würde alles, was sie taten, schon richtig verstanden werden.

Die Jungs sahen sich diese Leute aus der Großstadt an. Man brauchte ihnen nichts zu sagen. Sie sahen, was sie sahen, und es gefiel ihnen nicht besonders.

Doch sie sahen nicht die Großstadt, nur die Leute, die dort lebten. Sie sahen nicht, was es war, das diese Leute so machte – die Häuser, der Lärm, der Gestank. Diese nervösen Tiere namens Großstadtmenschen. Diese Leute, die Kleider trugen, die nie zu dem, was sie machten, zu passen schienen. Kleider, die so unsinnig waren wie Zügel an einem Hund oder ein Sattel auf einem Huhn. Diese Wesen, die versuchten, aufdringlich und nett zugleich zu sein. Was für Witzfiguren waren das überhaupt?

Und wie konnten sie einander aushalten, wenn die Großstädte wirklich so überfüllt waren, wie die Leute sagten, und tatsächlich so viele Menschen auf der Straße herumliefen, dass sie wie eine Viehherde in einem Verkaufspferch aussahen, und die Häuser so dicht aneinander gebaut waren wie Ferkelställe und manchmal Dutzende von Menschen im selben Gebäude lebten, wo nur ein schmaler Flur die Wohnungen trennte? Wie hielten sie es dort nur aus, und wie hielten sie einander aus, mit ihrem dauernden *wie nett* dieses und *wie nett* jenes und ihrem Gebrabbel und dem falschen Lächeln, das sie ständig aufsetzten?

Einer, der kein Innenklo wollte

Als die Zeiten besser wurden, ließen sich alle ein Innenklo einbauen. Die meisten behielten das Außenklo und benutzten es, wenn das Wetter gut war oder wenn ihre Stiefel zu schmutzig waren, um ins Haus zu gehen. Aber man musste schon ein ganz schön schlechter Farmer sein, um sich kein Innenklo leisten zu können.

Außer einem reichen Farmer. Er wollte kein Innenklo.

Wenn die anderen ihn fragten, warum er keins habe, sagte er zum Beispiel: Das Haus ist etwas, wo man hingeht, wenn man eine schöne Zeit mit seiner Familie verbringen will. Um zu essen. Um zu schlafen. Um mit den Kindern zu spielen. Um Kinder zu machen. Und ihr mit euren Innenklos – was habt ihr mit euren Häusern gemacht? Ihr habt etwas eingebaut, in das man scheißen kann, und das nennt ihr eine Verbesserung! Stellt euch vor, jemand sagt: Ich muss mal aufs Klo, und anstatt hinauszugehen, geht er nach nebenan. Wie werdet ihr euch wohl fühlen, wenn ihr wisst, dass dieser Jemand gerade mal auf der anderen Seite der Tür sitzt, bloß ein, zwei Meter entfernt, und scheißt! Nachttöpfe kann man wenigstens noch hinter dem Bett verstecken. Aber euer Innenklo ist immer da. Bald wird es auf dem Flur stinken. Dann auf der Veranda. Sogar in der Küche! Und das nennt ihr modern. Das nennt ihr zivilisiert. Ein Haus ist ein fast heiliger Ort. Sagt mir doch bitte mal, was für ein Mensch an einem solchen Ort einen Raum zum Scheißen einbauen würde! Nicht mal ein Hund scheißt in sein eigenes Haus.

Das konnten sie nicht ganz widerlegen. Sie versuchten einfach, mit ihm nicht über Toiletten zu reden. Denn wenn sie das taten, kam ihnen das, was sie mit sich und ihren Häusern gemacht hatten, unwillkürlich ein bisschen dumm vor.

Narben

Er hörte auf, an seiner Zigarre zu kauen, und legte sie neben die Laterne. Sie glühte auf einer versengten Stelle, wo er schon andere Zigarren abgelegt hatte. Er nahm ein Ei aus dem Korb und rieb mit einem feuchten Geschirrtuch einen Fleck weg. Gleich würde er anfangen zu erzählen. Die Jungs setzten sich an den Rand des Lichtkreises und sahen auf zu seinem Gesicht.

Tja, ich bin ein ganz schön alter Mann, sagte er. Ich kann mich an die Zeiten erinnern, als es noch kein Rattengift gab. Damals gab's so viele Ratten wie gute Geschichten. Gute Geschichtenerzähler und gute Arbeiter. Damals konnte man sehen, wie schnell ein Mann zupacken konnte, indem man sich die Narben an seinen Beinen ansah.

Er hielt ein Ei ins Laternenlicht, als könnte er so bestimmen, welche Eier im Brutkasten ausgebrütet werden sollten.

Einmal haben wir Mais geschält. Mais schälen. Zu fünft oder sechst haben wir Maiskolben in den Trichter geschoben. Wir hatten uns tausend Bushels vorgenommen. Ne große Scheune. Und große Ratten. Ich weiß nicht wie viele. Ne Menge. Massen. Wir konnten sehen, wie sich ihre Schwänze zwischen den Maiskolben schlängelten. Sie wühlten sich immer knapp vor unseren Forken in den Haufen.

Er legte ein Ei hin und wackelte mit seinem kurzen Zeigefinger, als könnte der so aussehen wie ein Rattenschwanz. Er nahm seine Zigarre, kaute darauf herum und legte sie wieder auf die versengte Stelle.

Das Erste, was man über Ratten wissen muss, ist:
Sie sind dumm, aber sie merken, wenn es ihnen an
den Kragen geht. Das Zweite, was man wissen muss,
ist: Wenn es ihnen an den Kragen geht, rennen sie
nicht zum Licht, sondern ins Dunkle.

Er stellte den Docht der Laterne ein. Der Eierkorb
war noch etwas mehr als halb voll. Die Jungs stützten
die Köpfe in die Hände und hörten zu.

Wir waren fast fertig mit dem Mais, als wir auf die
Ratten stießen. Zuerst kroch bloß eine heraus. Dann
alle anderen. Wie wenn ein Maiskolben aus dem auf-
geschichteten Haufen fällt und alle anderen hinterher-
rutschen. Also fangen wir an, sie totzutrampeln. Ich
muss schon ein Dutzend von ihnen erwischt haben,
als dem Mann neben mir eine entwischt. Und die
Ratte flitzt herum und kommt auf mich zu, von der
Seite, sodass ich sie nicht sehe. Sie sucht einen dunklen
Tunnel. Und sie findet auch einen. Mein Hosenbein!
Sie sieht den engen Tunnel über meinem Stiefel und
schlüpft hinein. Ich hatte Wollsocken an, diese dicken,
an denen die Ratte mit ihren Krallen gut hochklettern
kann. Guter Halt. Die Ratte klammert sich also an
meinen Wollsocken fest, sieht hinauf in den Tunnel
und sieht kein Licht. Sie muss gedacht haben, dass sie
jetzt in Sicherheit ist.

Er hielt inne und rieb sich über das Kinn, während
die Jungs hin und her rutschten.

Tja, damals kletterten andauernd irgendwelche Ratten an irgendwelchen Beinen hoch. Besonders beim
Maisschälen. Ich schätze, an dem Tag war eben ich an
der Reihe. Beim Maisschälen musste man einfach
damit rechnen. So wie man damit rechnen muss, dass
man gestochen wird, wenn man Honig aus dem Bie-

nenstock holt. Immer wieder hörte man irgendwen schreien und sah, wie er in der Scheune sein Bein schüttelte wie verrückt oder sich die Hose so schnell auszog, dass man meinen konnte, er hätte auf einmal Dünnschiss.

Jetzt zeig ich euch mal, was das Biest mir für Narben hinterlassen hat.

Er zog ein Bein seiner Latzhose hinauf. Sein Bein war weiß und unbehaart. Dicht unter der Kniekehle waren einige gezackte Narben.

So schnell hab ich zugepackt, sagte er. Ich hatte das Mistvieh, kaum dass es über die Schnürsenkel meiner Stiefel raus war.

Ganz sacht, als wäre die Stelle noch empfindlich, rieb er mit der Fingerspitze über die Narben.

Das waren die oberen Zähne. Und das hier die unteren, sagte er. Ich hab zugepackt und gedrückt. Fest zugedrückt. Und die Ratte hat gebissen. Fest zugebissen. Ich hab gespürt, wie ihre Rippen brachen, aber sie hat nicht losgelassen. Ihre Zähne steckten in meinem Fleisch wie ein Nasenring. Ich schätze, wir hatten beide, was wir wollten. Sie hing dann tot unter der Hose an meinem Bein, während wir die anderen Ratten erledigt haben. Danach hab ich sie mit dem Taschenmesser losgemacht. Ein hartnäckiges Mistvieh. Aber sie wusste, was ein dunkler Tunnel ist.

Es lagen nur noch zwei Eier im Korb. Er machte das Geschirrtuch nass und kaute noch ein bisschen auf der Zigarre herum. Dann nahm er ein Ei in die Hand, drehte es hin und her und suchte nach Flecken.

Fast jeder Farmer kann euch so eine Geschichte erzählen. Jeder hat ein- oder zweimal erlebt, dass ihm eine Ratte das Hosenbein hochgeklettert ist. Aber fragt ihn mal nach seinen Narben. Das kann ich euch sagen: Diejenigen, die nicht schnell zupacken können, werden euch bestimmt nicht zeigen, wo sie ihre Narben haben.

Die Wippe

Ein Farmer kam auf die Idee, eine Wippe zu bauen, so groß, dass der Drehpunkt auf dem Dachfirst seines Hühnerstalls sein sollte. Die Ernte in jenem Jahr war schlecht gewesen, und er sagte, er habe sich gedacht: Ach, was soll's – die Hälfte meiner Scheuern werde ich sowieso nicht brauchen. Ich reiße einfach eine ab und baue daraus eine große Wippe.

Die anderen Farmer lachten und fanden, das sei ein ziemlich guter Witz. Einer sagte, er wolle seine nicht abreißen, sondern die nicht eingelösten Versprechen der Regierung darin lagern.

Aber als sie aufhörten, Witze zu machen, fing der Mann an, seine große Wippe zu bauen. Er riss eine seiner großen Scheuern ab und nagelte eine seltsame Konstruktion zusammen. Wenn das ein Witz sein sollte, dann war es ein Witz, auf dem er zwölf Meter hoch in die Luft gehen konnte. Die halbe Nachbarschaft kam, um zu sehen, wie er sie ausprobierte. Auch die Jungs waren da, und einer bot sich an, als Erster auf die Wippe zu steigen, aber das wollte der Mann selbst machen. Er belud eine Seite mit Säcken voller Futter. An dem Ende, das hoch in die Luft ragte, hatte er ein Seil und eine Rolle befestigt, und eine zweite Rolle hatte er im Boden verankert. Er zog das Ende der Wippe herunter und setzte sich darauf. Dann ließ er sich, das Seil in der Hand, langsam nach oben heben, damit die Wippe ihn nicht wie ein Katapult durch die Luft schleuderte.

Es funktionierte. Die Wippe war höher als ein Riesenrad.

Danach lud der Mann die Säcke ab, und nun konnten zwei Männer wippen. Dann zwei Jungen auf der einen und ein Mann auf der anderen Seite. Dann ein Junge auf jeder Seite. Immer wenn einer hoch oben war, hielten die Leute die andere Seite fest, damit er sich umschauen und die endlosen Maisfelder sehen konnte, die in diesem Jahr kaum ihre Kosten eingebracht hatten. Gegen Ende des Nachmittags hatte jeder einmal auf der Wippe gesessen. Sie fing an zu quietschen, und einer sagte, er glaube, dass die Nägel sich lockerten.

Ich hab die Landwirtschaft nicht aufgegeben, als es gut lief, sagte der Mann, der die Wippe gebaut hatte. Aber ich glaube, mit dem hier sollten wir jetzt aufhören, auch wenn es gut läuft.

Und das taten sie. Sie zerlegten die Wippe wieder und stapelten das Holz auf dem Fleck, wo die Maisscheuer gestanden hatte. Ein paar Farmer boten dem Mann sogar an, ihm beim Wiederaufbau der Scheuer zu helfen, nur für den Fall, dass es im nächsten Jahr eine Rekordernte geben würde.

Die Jungs waren über die Wippe so begeistert wie über eine Rekordernte. Auf einer Farm zu leben war nicht das Allergrößte, das wussten sie. Und sie wussten auch, dass ihnen noch mehr entging als eine Rekordernte. Zum Beispiel die Achterbahn in Kalifornien, die über das Meer hinausragte, oder Skifahren in den Bergen. Die Welt war voller großartiger Dinge, die ihnen entgingen: Da war das Empire State Building, der Old-Faithful-Geysir im Yellowstone Park, der Eiffelturm – alles Mögliche eben. Aber wenigstens im Augenblick waren sie völlig damit zufrieden, zwölf Meter hoch in die Luft gehoben zu werden.

Taschenrattenpfoten

Man konnte die Vorderpfoten von Taschenratten bei der Bank zu Geld machen. Für ein Paar gab es zwanzig Cents. Die Pfoten mussten getrocknet oder in Salz eingelegt sein, damit ihr Gestank nicht die ganze Bank verpestete.

Das Geld, das man für Taschenrattenpfoten bekam, war nicht leicht verdient. Jede Nacht stellten die Jungs ein Dutzend Fallen auf. Sie gruben einen Hügel auf, bis sie auf eine Kreuzung stießen. Dann machten sie eine kleine Mulde, stellten die Falle hinein und verschlossen alles luftdicht, damit die Taschenratte nicht merkte, dass jemand in ihrem Gang eine Falle aufgebaut hatte.

Die bösartigen Taschenratten machten den Jungs keine großen Probleme. Das waren die, die sich einen Weg hinausgruben, immer der Kette nach, bis zum Pflock, und dort fauchend auf sie warteten, mit einem Fuß in der Falle, aber auch mit langen Nagezähnen und bereit, es der ganzen Welt zu zeigen. Die bösartigen waren leicht. Die Jungs erlösten sie mit einem Schlag mit dem Baseballschläger von ihrem Leid.

Schlimm waren die, die Angst hatten zu sterben. Die stampften die Erde rings um die Falle so fest, dass die Jungs sie nicht rausziehen konnten. Oder sie krallten sich mit ihren drei unverletzten Pfoten so tief in die Erde, dass die Jungs das eingeklemmte Bein glatt abrissen. Oder sie schlugen den Jungs ein Schnippchen, indem sie sich die Pfote abbissen und in der Falle zurückließen, bevor die Jungs zurückkamen.

Was macht man mit einer Taschenrattenpfote?

Auch wenn eine Taschenratte so sehr am Leben hing, dass sie sich den Fuß abbiss oder ihn sich abreißen ließ, sollte das die Jungs nicht daran hindern zu versuchen, ihr Geld zu bekommen. Das erste Mal, als ihnen eine Pfote fehlte, taten sie die Einzelne einfach zu den anderen, weil sie dachten, die Frau in der Bank würde es nicht merken. Doch sie merkte es. Wo ist die andere Pfote?, fragte sie.

Wir haben bloß eine gefangen, sagte der Jüngste.

Tut mir Leid, sagte die Frau. Die Prämie gibt's nur für beide Vorderpfoten.

Könnten Sie uns nicht für die eine Pfote die Hälfte geben?, fragte ein anderer.

Aber davon wollte die Frau nichts wissen. Also hoben die Jungs die Pfote auf, und als das nächste Mal eine Taschenratte ihre Pfote in der Falle zurückließ, taten sie sie zu der anderen und brachten sie zur Bank. Sie nahmen an, dass die Frau nicht merken würde, dass die beiden Füße nicht zusammenpassten. Doch sie merkte es. Die beiden passen nicht zusammen, sagte sie.

Meine Socken passen auch nicht zusammen, sagte der Jüngste, aber das sind trotzdem meine Füße.

Hier, sagte die Frau und schob die beiden Taschenrattenfüße mit der Spitze ihres Kugelschreibers hin und her. Das sind beides rechte Vorderpfoten. Für die gibt's kein Geld. Und ich wäre euch dankbar, wenn ihr nicht noch mal versuchen würdet, mich reinzulegen.

Die Jungs sahen, dass das County gewusst hatte, was es tat, als es die Frau in der Bank mit der Auszahlung der Prämien für Taschenrattenpfoten beauftragt hatte. Sie gingen mit ihren nicht zueinander passenden Pfoten nach Hause. Sie warfen sie nicht weg. Sie wussten, dass eine kleine Chance bestand, eines Tages vielleicht doch noch den anderen Fuß dieser Taschenratten zu erwischen. Die Wahrscheinlichkeit war nicht sehr groß, aber das erschien ihnen immer noch besser als zu versuchen, die Frau in der Bank hereinzulegen.

Kuchen

Es lohnte sich immer, diese Frau zu besuchen, denn sie machte so gute Kuchen. Das Beste daran war, dass der Teigrand kleine Wellen hatte. Wenn sie diese kleinen Wellen zählten, wussten die Jungs, wie groß ihr Stück war. Eins mit acht Wellen war ein großes Stück.

Wie macht sie das nur?, fragten sich die anderen Frauen. Niemand wusste es.

Eines Tages gingen die Jungs früher als sonst zum Haus der Frau, vor all den anderen Leuten, die kamen, wenn es frischen Kuchen gab. Sie standen vor dem Küchenfenster und sahen ihr zu, wie sie die Kuchen machte.

Als die Frau die Formen mit Teig ausgelegt hatte, steckte sie die Finger in den Mund und nahm ihr Gebiss heraus. Damit schob sie den Rand ringsherum zurück. So kamen also diese hübschen kleinen Wellen zustande, die jeder so mochte!

Bald darauf kamen die anderen und wollten den Kuchen probieren.

Was für herrliche Kuchen!, sagten die anderen Frauen alle.

Die Jungs bekamen an diesem Tag Acht-Wellen-Stücke.

Ab und zu sahen die Jungs zwischen zwei Bissen die Frau an. Sie sah den Leuten beim Essen zu und grinste ein breites Grinsen.

Schuppen

Ein Stück die Straße hinunter lebte ein eigenartiger Mann. Er hatte auf seinem Hof siebzig Schuppen gebaut. Kleine Schuppen, in denen er kleine Sachen unterstellen konnte, die andere Leute anderswo verstauten. Immer wenn er etwas aufbewahren wollte, baute er, anstatt einen geeigneten Ort in seinen Gebäuden zu suchen, eigens einen kleinen Schuppen dafür. Als seine Hündin acht Junge bekam, baute er acht kleine Hundehütten für sie. Er hatte einen kleinen Schuppen für Konservendosen. Er hatte einen für alte Schuhe. Er hatte einen Extra-Schuppen für Hühnerfedern gebaut.

Doch ein Schuppen, weit hinten im Wäldchen und rot gestrichen mit weißen Kanten, war sein geheimer Schuppen.

Was bewahrt er eigentlich in dem roten Schuppen im Wäldchen auf?, fragten sich die Leute.

Die Jungs schlichen sich hin, um es herauszufinden, aber der rote Schuppen war mit einem großen Schloss gesichert und hatte keine Fenster, durch die man hätte hineinsehen können.

Also gingen sie zu dem Mann und fragten ihn: Was haben Sie eigentlich in dem roten Schuppen dahinten im Wäldchen? Er war ein freundlicher Mann, und darum dachten sie, sie könnten ihn das fragen.

Doch der Mann wurde wütend, als die Jungs ihm diese Frage stellten, und sagte: Das geht euch überhaupt nichts an.

Als die Jungs wieder hingingen, um den Schuppen zu untersuchen, hatte der Mann ein zweites Schloss an die Tür gehängt und ein Schild angebracht, auf dem stand: BETRETEN VERBOTEN.

Los, wir klettern auf einen Baum und warten, sagte einer der Jungs. Vielleicht kommt er und schließt den Schuppen auf.

Sie kletterten auf einen Baum und setzten sich auf Äste, wo sie den Schuppen des Mannes sehen konnten.

Bald kam er tatsächlich. Er hatte zwei Schlüssel dabei. Er kniete vor dem Schuppen nieder und schloss das eine Schloss auf. Dann das andere. Er öffnete die Tür zu seinem geheimen Schuppen.

Darin war ein zweiter Schuppen! Er war blau gestrichen und hatte ebenfalls ein Schloss. Er öffnete die Tür des blauen Schuppens, und darin war ein kleinerer, gelber Schuppen! Und darin ein grüner! Der Mann kniete auf der Erde und schloss einen kleinen Schuppen nach dem anderen auf. Bald konnten die Jungs nicht mehr sehen, was seine Hände machten. Und all diese kleinen Schuppen, einer im anderen, sahen wie ein Regenbogen aus, und die Jungs konnten nicht erkennen, wo er aufhörte.

Das gelbe Mädchen

Als die Entwässerungsgräben im Tiefland gezogen wurden, konnte man Mais pflanzen, wo vorher nur saure Wiesen gewesen waren. Aber auch der Teich wurde entwässert. An die Zeit, als es dort Enten und Katzenwelse gegeben hatte, konnten sich die Jungs nicht erinnern, aber rings um den Teich standen noch immer Weiden, und es war ein guter Ort, wenn man seine Ruhe haben wollte. Am Teich suchten sie nach alten Flaschen oder Dachsbauten, oder sie bauten Sandburgen im ehemaligen Teichbett.

Dann gab es in einem Jahr eine große Überschwemmung, und trotz aller Entwässerungsgräben war der Teich wieder da. Als die Überschwemmung vorbei war, gingen die Jungs hin, um zu sehen, wie der Teich aussah, wenn Wasser darin war. Sie nahmen Angelruten mit, weil sie meinten, wo Wasser war, müssten auch Fische sein. Maisstengel und Abfall aus dem ganzen County hingen in den Zweigen der Weiden, und der Teich war bis zum Rand mit schlammigem Wasser gefüllt. Sie angelten eine Stunde lang, und ab und zu sahen sie kleine Wellen, die ihnen verrieten, dass dort irgendetwas Lebendiges war. Sie konnten nur nicht sehen, was.

Dann hatte einer der Jungs etwas am Haken. Es wehrte sich nicht besonders, war aber so schwer, dass seine Angelrute sich wie ein Hufeisen bog. Der Junge zog es langsam ans Ufer. Sie glaubten, es sei eine große Klappschildkröte, und hielten Stöcke bereit. Dann zeigte sich die Beute dicht unter der Oberfläche, mit einer großen, rollenden Bewegung, wie ein dicker Fisch, der sich im Schwimmen auf den Rücken drehte.

Er hat einen gelben Bauch!, rief einer der Jungs. Es ist ein riesiger Wels!

Aber es war kein Wels. Es war überhaupt nichts Lebendiges. Es war ein schmutziges Kleid, das das Hochwasser von irgendwoher mitgebracht hatte. Die Jungs nahmen es vom Haken und breiteten es am Ufer aus. Es war das Kleid eines Mädchens. Als sie es ausgewrungen hatten, sahen sie, dass es gelb mit roten Blümchen war. Es hatte zwei Taschen und weiße Knöpfe am Kragen. Die Jungs knöpften es zu und untersuchten die Taschen. Sie waren leer.

Das Kleid lag am Ufer, und der leichte Wind trocknete es. Die Farben begannen kräftiger zu leuchten, und der Saum bewegte sich im Wind.

Als Witz malte einer der Jungs ein Gesicht in den Sand über dem Ausschnitt des Kleides. Die anderen griffen die Idee auf und kratzten Arme und Beine in den weichen Boden. Na bitte, sagte einer. Da ist unser gelbes Mädchen.

Die Jungs ließen das Mädchen dort liegen, denn die Wahrscheinlichkeit, dass eine Überschwemmung wie die Letzte kommen und es wieder mitnehmen würde, war ziemlich klein. In diesem Sommer gingen sie oft zum Teich, immer mit der Begründung, sie wollten angeln. Sie fingen auch tatsächlich ein paar kleine Katzenwelse. Das gelbe Mädchen blieb den ganzen Sommer über dort, und wenn der Regen es ausgelöscht hatte, zeichneten sie Kopf, Arme und Beine wieder nach. Sie nannten es insgeheim ihr Dornröschen, auch wenn keiner von ihnen je niederkniete, um sie zu küssen.

Die Frau, die sich gut verstecken konnte

Diese Frau versteckte sich gern vor ihrem Mann. Nicht, dass sie ihn nicht gemocht hätte. Sie war auch nicht unbedingt wütend oder traurig, wenn sie sich versteckte. Sie brauchte nur Lust zu haben, sich zu verstecken, und das konnte jederzeit passieren. Ihr Mann kam vom Feld nach Hause, und sie war nicht im Haus. Oder er drehte sich im Schlaf um und wachte auf, weil die Stelle neben ihm, wo seine Frau liegen sollte, kalt war. Dann ging er hinunter zum Schaukelstuhl, um zu sehen, ob sie ihre Schürze darüber gehängt hatte. Das war ihre Art, ihm mitzuteilen, dass alles in Ordnung war und sie sich bloß versteckt hatte.

Der Mann machte sich dann sofort auf die Suche. Die Frau gab ihm immer irgendeinen Hinweis. Vielleicht ein Taschentuch auf einem Zaun, über den sie geklettert war. Oder die Scheunentür stand einen Spaltbreit offen, wie ein kleines Grinsen. Aber im Übrigen war sie sehr gut im Verstecken. Sie konnte sich hervorragend dem Aussehen ihres Verstecks anpassen. An sonnigen Tagen, wenn ihr langes Haar im Sonnenlicht leuchtete, versteckte sie sich vielleicht beim Strohhaufen, wo ihr Haar dieselbe Farbe hatte wie das Stroh. Wenn es regnete, versteckte sie sich vielleicht in einer Trauerweide, wo ihr langes, nasses Haar glatt herabhing wie nasse Trauerweidenzweige. Oder sie stand wie ein kleiner Apfelbaum im Obstgarten und hielt in jeder ausgestreckten Hand einen Apfel. Bei anderen Gelegenheiten versteckte sie sich zwischen den Tieren, indem sie ihr Aussehen annahm und dieselben Geräusche wie sie von sich gab. Einmal versteckte sie sich in einem Koben mit schlafenden Sauen: Sie legte sich zwischen sie und streckte Arme und Beine nach vorn aus, sodass sie aussahen wie die Beine einer Sau. Und sie machte das Schnarchen der Sauen so gut nach, dass die Tiere ihre Anwesenheit gar nicht bemerkten.

Aber ihr Mann war im Suchen so gut wie seine Frau im Verstecken. Er wusste, dass er auf Dinge achten musste, die *nicht* da waren: auf einen Zweig, der sich im Wind hätte bewegen müssen, oder auf Schwalben, die nicht zwitscherten, und Grillen, die nicht zirpten. Er benutzte Wege, die am wenigsten benutzt wirkten, und blieb stehen, um zu lauschen, wo am wenigsten Geräusche waren. Wenn er das Gefühl hatte, dass seine Frau ganz in der Nähe war, stand er still und hielt den Atem an. Wenn sie ebenfalls den Atem anhielt, hielt er ihn länger an. Wenn sie die leisen Geräusche von Tieren nachmachte, hörte er das unterdrückte Kichern, das kein Tiergeräusch war.

Und wenn er sie dann entdeckt hatte, sprang sie aus ihrem Versteck wie ein aufgescheuchtes Rebhuhn oder eine Katze auf der Jagd. Sie sprang schreiend und lachend auf ihn zu. Selbst wenn er damit gerechnet hatte, erschrak er, fuhr herum und rannte davon, so schnell er konnte. Doch sie hatte ihn immer schon nach ein paar Schritten eingeholt. Das wusste er. So wie sie wusste, dass er sie finden würde.

Der Bieter

Er war der schlaueste Bieter in der Auktionshalle. Jahrelang wussten nur der Auktionator und der Mann im Ring, wie er seine Gebote machte.

Wenn die Art von Vieh in den Ring getrieben wurde, auf die es der Bieter abgesehen hatte, beobachtete ihn die Hälfte der Männer in der Auktionshalle genau, um herauszufinden, wie er seine Gebote machte. Indem er an seine Mütze fasste? Indem er den Daumen hob – den einzigen Finger an jener Hand, den er nicht im Maispflücker verloren hatte? Oder runzelte er auf eine bestimmte Art die Stirn? Es war aussichtslos. Keiner kam dahinter, wie er bot, und so konnte sich niemand den Spaß machen, die Gebote für etwas, das dieser Mann kaufen wollte, in die Höhe zu treiben.

Die meisten Aufkäufer waren dick, aber er war ein dünner, zappeliger Bursche, der meistens mit den Händen herumfuchtelte, von einem Fuß auf den anderen trat, den Mund verzog und hierhin und dorthin sah. Manche meinten, das sei sein Geheimnis, und er verstecke seine Zeichen irgendwo in diesem Gezappel. Wenn er ein Gebot machte, war es schwerer denn je, an seinem Verhalten etwas Ungewöhnliches zu erkennen.

Es war einer der Jungs, der schließlich sagte: Wenn er bietet, tut er einfach gar nichts. Zuerst achteten die Männer nicht weiter auf die Bemerkung des Jungen. Aber dann fiel es auch ihnen auf: Der Mann zappelte nur dann nicht herum, wenn er ein Gebot machte. Als sich das nach einer Weile herumgesprochen hatte, sahen alle, was der Mann im Ring und der Auktionator schon seit Jahren wussten: Wenn der Bieter eine Kuh oder ein Kalb oder eine Anzahl Jungstiere wirklich gerne haben wollte, hörte sein Gezappel auf, und er saß still da, mit leise brodelndem Verlangen.

Die Jungs wussten nicht, welche Lehren andere Leute daraus zogen, doch sie wussten, was sie selbst daraus gelernt hatten. Wie sie es sahen, war die Welt voller Bieter. Wenn sie genau genug darauf achteten, konnten sie es sehen. Selbst wenn die Leute so taten, als hätten sie gar kein Interesse, gaben sie wahrscheinlich die ganze Zeit Gebote für dieses oder jenes ab. Die Jungs fanden, dass diese Entdeckung das Leben wohl nicht gerade leichter machte, aber sie würden die Augen offen halten.

Die Frau, die immer eine Hand in der Tasche hatte

Es gab eine Frau, die immer eine Hand in der Tasche hatte. Wenn sie im Garten Unkraut jätete, versteckte sie eine Hand in der Tasche. Wenn sie den Hühnern Hafer streute, dann tat sie das mit einer Hand und behielt die andere in der Tasche. In der Kirche, im Laden, wo sie auch war – immer hatte sie eine Hand in der Tasche.

Die Jungs wollten herausfinden, warum sie das tat. Sie fragten andere Leute, aber die wussten es auch nicht. Also dachten sie sich einen Plan aus, um sie zu zwingen, ihre Hand zu zeigen. Sie wollten eine Schnur über den Weg spannen, damit sie stolperte. Wenn sie dann hinfiel, musste sie ja die Hand, die sie immer in ihrer Tasche versteckte, herausziehen, damit sie nicht mit dem Gesicht auf den Boden schlug. Dann würden die Jungs herbeilaufen, angeblich, um ihr aufzuhelfen, in Wirklichkeit aber, um einen Blick auf ihre Hand zu werfen.

Sie redeten darüber, was sie da wohl sehen würden. Es musste schon mehr sein als eine verkrüppelte Hand. Es musste etwas Besseres dahinterstecken. Vielleicht hatte sie eine große schwarze Perle in der Hand, vermutete einer, oder einen Rubin, in den eine Rose geschnitten war. Etwas so Schönes, dass man es unmöglich erraten konnte.

Eines Tages legten die Jungs also eine Schnur über den Weg, doch als die Frau kam, brachten sie es nicht über sich, die Schnur zu spannen. Wenn sie sahen, was die Frau verbarg, würde sie es ihnen vielleicht schenken. Und wenn es so schön war, wie sie sich vorstellten, würden sie vielleicht ebenfalls für den Rest ihres Lebens mit einer Hand in der Tasche herumlaufen müssen, damit keiner sah, was sie ihnen geschenkt hatte.

Die Frau, die in ihrem Obstgarten
Schlangen brüten ließ

Es gab eine alte Frau, die in ihrem Obstgarten Schlangen brüten ließ und dann den Jungs Geld gab, damit sie sie töteten. Die Jungs entwickelten ein ziemliches Geschick und fingen die Schlangen mit Stöcken, in deren Enden über Kreuz Nägel geschlagen waren. Damit drückten sie ihnen den Kopf auf den Boden, sodass sie sie unverletzt aufsammeln konnten.

Bevor sie zum Geschäftlichen kam, wollte die alte Frau sehen, ob die Schlangen noch lebten. Also brachten die Jungs sie in Säcken in ihr Haus, und sie sah hinein und musterte die sich windenden Vipern, die sich gegenseitig die Schuld an ihrem Unglück gaben. Sie spuckte und schnaufte, wenn sie sie sah, aber dann holte sie ihr Geld. Zehn Cents das Stück.

Die Jungs zogen die Schlangen eine nach der anderen aus dem Sack, damit die Frau sie zählen konnte. Dann schlugen sie den Schlangen mit einem Stein auf den Kopf, direkt vor dem Haus der alten Frau, wo sie es sehen konnte. Wenn sie fertig waren, bekamen sie ihr Geld und steckten die blutverschmierten Schlangen wieder in ihre Säcke.

Aber sobald sie außer Sichtweite waren, leerten die Jungs ihre Säcke auf den Boden. Die meisten Schlangen zuckten noch ein bisschen, aber nachdem die Jungs das ein paarmal gemacht hatten, konnten sie abschätzen, welche am Abend noch leben würden und welche nicht. Die lebenden brachten sie nach Hause und versteckten sie im Keller. Am nächsten Morgen schob einer von ihnen den überlebenden Schlangen mit dem Radiergummiende eines Bleistifts Essensreste ins Maul. Diejenigen, die einen solchen Bissen verschluckten, setzten die Jungs auf einer Wiese aus, von der sie den Weg zum Obstgarten der alten Frau nicht mehr finden würden. Es wäre unfair gewesen, dieselbe Schlange zweimal zu töten – sowohl der alten Frau als auch den Schlangen gegenüber.

Der Mann, der immer unter seinen Wagen sah

Er fuhr einen alten schwarzen Wagen, der immer sauber und blitzblank poliert war. Er fuhr langsam, und der Wagen sah aus wie ein großes, schwarzes Insekt, wenn er dunkel und glänzend die Straße hinunterkroch.

Jedes Mal bevor er einstieg, kniete er nieder und sah unter den Wagen. Zuerst kniete er sich hinter den Wagen und sah nach vorne. Dann kniete er sich vor den Wagen und sah nach hinten. Das machte er so, wie er fuhr: langsam. Wenn er dort, wo er hinwollte, angekommen war, sah er wieder von vorne und hinten unter seinen Wagen.

Der Mann war unverheiratet und sehr reich. Er hatte sehr große Ohren, die flach am Kopf anlagen und innen behaart waren. Die Jungs lachten über seine Ohren. Alle lachten darüber.

Einmal, als der Mann im Laden war, schlichen sich die Jungs zum Wagen. Sie sahen von vorn und hinten darunter, konnten aber nichts Ungewöhnliches entdecken. Doch als sie aufstanden und ihr Spiegelbild im glänzenden Lack sahen, fielen ihnen ihre Ohren auf. Sie rannten davon, und als sie stehen blieben, untersuchten sie erst einmal gegenseitig ihre Ohren.

Sie sahen zu, wie der Mann aus dem Laden trat, von vorn und hinten unter seinen Wagen sah und langsam davonfuhr.

Was für Ohren!, sagte einer der Jungs. Seht euch bloß mal diese Ohren an!

Die alte Kellnerin

Im Café arbeitete eine sehr alte Kellnerin mit einem langen, grauen Zopf. Die Jungs hörten die Männer Witze über den Zopf machen. Sie zogen die Kellnerin damit auf, dass seine Farbe immer gleich blieb und er nie länger oder kürzer wurde. Jeder wusste, dass es ein falscher Zopf war. Man konnte sogar die Haarklammern sehen, mit denen er befestigt war. Doch der Zopf war nicht das Einzige an der Kellnerin, das immer gleich blieb. Wenn jemand hereinkam, begrüßte sie ihn immer mit: Darf's was sein?

Auf diese Frage hatten die Männer viele Antworten: Darf so ein Wetter eigentlich sein? Darf's ein bisschen mehr sein? Darf ich auch hier rein?

Wenn sie mal nicht gleich kam, hieß es: Darf auch mal langsam sein.

Die alte Kellnerin tat, als hörte sie die Witze der Männer nicht. Sie sah sie nicht einmal an, bevor sie etwas bestellten. Manche Männer schienen zu glauben, dass ihr die *Darf's-was-sein*-Witze gefielen, aber die Jungs wussten, dass sie mindestens so übel gelaunt war, wie sie aussah, mit ihrem falschen Zopf, der hinter ihr durch die Luft sauste wie eine Viehpeitsche.

Die Jungs gingen nicht ins Café, um etwas zu essen. Sie kamen, um zuzuschauen, während die Männer lachten und eigentlich nur merkten, dass der Zopf der alten Kellnerin falsch war. Sie merkten nicht, wie feucht ihre Aussprache war, wenn sie was sagte, während ihr Gesicht über dem Kaffee war, den sie den Männern servierte, oder dass sie das Besteck manchmal in die Achselhöhle klemmte, und sie bemerkten nicht einmal das kleine Lächeln auf dem Gesicht der alten Kellnerin, wenn sie den metallenen Mixbecher viel länger unter den Mixer hielt, als zum Mixen von Milch und Eiscreme nötig war. Viel länger.

Der alte Mann

Warum erbarmte sich keiner des alten Mannes, nicht einmal wenn er die Straße überquerte? Mit seinen kurzen, schlurfenden Schritten war er so langsam, dass Autos und Lastwagen sich einen Block weit stauten. Warum gaben sie ihm nicht wenigstens einen Krückstock und sagten: Hier, probier's mal damit – vielleicht geht's dann besser.

Jeden Samstagmorgen, wenn der Junge in die Stadt kam, sah er den alten Mann – dieselbe Latzhose, dieselben Pantoffeln, derselbe graue Hut. Er war dick, nicht bloß am Bauch, sondern auch am Hintern, und er hatte eine dicke, breite Nase und blasse Krusten aus Spucke oder so in den Mundwinkeln. Und wenn er sich die Nase putzte, drehte er den Kopf zur Seite, drückte mit einem Knöchel ein Nasenloch zu und schnaubte durch das andere.

Der Junge musterte den alten Mann, der, wenn er nicht die Straße überquerte und den ganzen Verkehr aufhielt, auf einer Bank vor dem Metallwarenladen saß. Aber er musterte ebenso genau die Leute, die den alten Mann hätten mustern sollen. Warum hatte keiner Mitleid mit ihm? Warum unternahmen sie nichts? Glaubten sie, er werde ohnehin bald sterben?

Der Junge glaubte, dass der alte Mann bald sterben werde. Aber er starb nicht. Er war wie einer von diesen halb abgebrochenen Ästen, von denen man meint, dass sie bald ganz abbrechen, die sich aber weiterhin festklammern – die meisten Blätter tot, aber nicht alle.

Einmal setzte sich der Junge neben ihn auf die Bank. Der alte Mann roch wie das Innere einer alten Zigarrenkiste – die Art von Zigarrenkiste, die man nicht wegwirft und die erst eine Weile für Bleistifte und dann für Nägel benutzt wird und die schließlich verschwindet, bis sie plötzlich wieder auftaucht, wo man sie am wenigsten vermutet hat, vielleicht mit ein paar Süßigkeiten darin.

Der Junge sah sich den alten Mann noch einmal genau an. Andere Leute gingen vorbei, als gäbe es hier nichts zu sehen, als wäre alles so, wie es sein sollte. Der alte Mann saß bloß da, roch wie eine Zigarrenkiste und ignorierte sie ebenfalls.

Weder hier noch da

Es gab einen Mann, der sich nicht rasierte wie die anderen Männer in der Gegend. Er hatte keinen richtigen Bart, aber er war auch nie glatt rasiert. Er hatte immer diese strohfarbenen Stoppel, die den Eindruck erweckten, er sei ein ziemliches Rauhbein.

Die Jungs hatten ein bisschen Angst vor ihm gehabt, wenn er mit seinem grünen Pritschenwagen auf den Hof gefahren war, um mit den Männern über die Ernte zu reden oder etwas auszuleihen. Irgendwas stimmte nicht mit ihm, das war mal sicher – mit diesem komischen Bart. Und dann fuhr er eines Tages rasanter als je zuvor auf den Hof und sprang aus dem Wagen, als sei gerade etwas sehr Wichtiges passiert.

Wetten, ihr wisst nicht, was bei mir passiert ist?, hörten die Jungs ihn sagen. Als er sah, dass die Männer ihm zuhörten, stellte er einen Fuß auf das Gatter um den Schweinepferch und strich ein Streichholz an einem der Messingknöpfe seiner Latzhosenträger an. Um seinen Hut und durch seinen Schnurrbart stieg Zigarettenrauch auf, während die Männer darauf warteten zu hören, was bei ihm passiert war.

Ich hab ne Sau mit dreizehn Ferkeln und nur neun Zitzen, sagte er. Er zog die Nase hoch und spuckte drei Meter weit in den Schweinepferch. Und wisst ihr, was ich gemacht hab? Er rieb mit der Hand, die die Zigarette hielt, über seine Bartstoppeln.

Die Männer warteten darauf zu hören, was er gemacht hatte.

Ich hab sie's auskämpfen lassen. Er zupfte an seiner Nase und kniff dabei die Augen zu, damit der Zigarettenrauch nicht hineinkam.

Und man sollte doch meinen, dass die Kleinsten dabei den Kürzeren ziehen, oder?, sagte er.

Sollte man meinen, sagte einer der Männer.

Tun sie aber nicht, sagte er. Die Kleinen haben sich rangehalten. Selbst das Kleinste. Haben gekämpft, als gäb's kein morgen. Ich dachte schon, die reißen die Sau in Stücke. Manchmal haben zwei oder drei um eine Zitze gekämpft. Draufgehämmert wie ein Specht an einem Zaunpfahl. So was hab ich noch nie gesehen. Die ganze Milch und der Sabber und Stroh und alles Mögliche flogen nur so rum. Blutige Ohren und ein paar abgezwickte Schwänze. Ich kann euch sagen, das war schon was. Die wussten, was sie wollten, und es war ihnen egal, ob nicht genug für alle da war. Die kleinen Scheißer haben im Laufen gepinkelt, um eher als die anderen an einer freien Zitze zu sein.

Und wie hat's geendet?, wollte einer der Männer wissen.

So lange bin ich nicht geblieben, sagte er. Dafür bin ich doch nicht Farmer geworden.

Er trat seine Zigarette aus, als sei er schon wieder in Eile. Er zog ein zerknülltes Taschentuch aus der Tasche, schneuzte sich und fuhr davon.

Ich möchte mal wissen, warum er denn dann Farmer geworden ist, sagte einer der Männer.

Er ist gar nicht so unheimlich, sagte einer der Jungs.

Der Mann, der keine bösen Kater mochte

Dieser Mann mochte keine bösen Kater. Einmal sah er zwei kämpfen und wurde so wütend, dass er ihre Schwänze an die beiden Enden eines Seils band und es über die Wäscheleine warf.

Die Kater wurden ganz wild. Sie hingen sich mitten in der Luft kopfunter gegenüber und gingen mit Zähnen und Krallen aufeinander los.

Der Mann machte das mit den Katern vor seinen Nachbarn. Die Männer machten zunächst überraschte Gesichter, und dann versuchten sie, den Eindruck zu erwecken, als wäre dieser schreckliche Kampf etwas, das sie schon einmal gesehen hatten. Besser als ein Hahnenkampf, sagte einer, und ein anderer meinte: Mehr wie ein Waschbär und ein Dachs.

Die Jungs waren auch dabei. Es war schlimmer als alles, was sie bis dahin gesehen hatten, und auch anders. Sie sahen die Kater an. Sie sahen die Männer an. Dann sahen sie wieder die Kater an, bis sie es nicht mehr aushielten.

Blöd, sagte einer.

Schlimm, sagte ein anderer.

Sie gingen weg. Dann gingen auch ein paar von den ruhigeren Männern weg, bevor der eine Kater tot und der andere so gut wie tot war.

Der Mann, der keine bösen Kater mochte, musste gemerkt haben, dass das den Jungs und ein paar von den Männern nicht gefallen hatte. Das nächste Mal, als er einen Kater sah, hielt er ihn mit Gummihandschuhen fest und stopfte ihn mit dem Kopf zuerst in einen staubigen Stiefel. Bei dieser Methode flogen nicht so viele Haare herum, und der böse Kater starb ohne großes Theater. Der Mann hatte gewartet, bis er ein Publikum hatte, doch diesmal blieben die Männer da, und ein paar dankten ihm sogar dafür, dass er dieses Ärgernis beseitigt hatte. Auch die Jungs blieben da. Was sie sahen, war für sie nichts ganz und gar Neues. Wie wenn man eine Taschenratte ersäuft, sagte einer.

Fünfter Teil

Erwischt

Erwischt

Die Jungs hatten ihn nur einmal gesehen, aber daran erinnerten sie sich noch Jahre später. Wenn es so etwas wie den bösen Mann gab, dann war er es. Diese Zahnlücken und schmutzigen, fleischigen Hände. Dieses dreckige Lachen und die weiße Wölbung seines kahlen Schädels. Er war groß und schleimig und raffiniert zugleich. Er hätte in ein Märchen gehört, wo ihn dann der gute Drache verspeist hätte, langsam und genüsslich. Oder man hätte ihn auf dem Boden festbinden und mit Honig bestreichen sollen, damit die Ameisen ihn fraßen. Er hätte an rohen Eiern ersticken sollen. An Bussardeiern.

Jetzt war er allerdings seit zwei oder drei Jahren tot, und keiner redete mehr von ihm. Er schien den anderen Leuten nicht viel bedeutet zu haben, weder im Guten noch im Bösen, und doch war er es gewesen, der die Jungs erwischt hatte, als sie im Garten seiner Nachbarin Wassermelonen geklaut hatten. Er hatte sie erwischt und gezwungen, zu der Frau zu gehen und zu sagen, es tue ihnen sooo Leid und sie würden es bestimmt nie wieder tun. Dabei waren es nicht mal seine! Und die Jungs hatten bloß zwei kleine genommen, die noch gar nicht reif gewesen waren! Die Frau hätte es gar nicht gemerkt. Der ganze Samstagabend war ihnen verdorben – und mindestens ein Jahr lang alle anderen Samstagabende, an denen sie in die Stadt fuhren.

Nette Leute fangen keine Jungs, die einer alten Frau am Samstagabend Wassermelonen klauen. Tun sie einfach nicht. Nette Leute haben Besseres zu tun. Nette Leute kriechen nicht auf Händen und Knien durch die Tomatenbeete, um Jungs zu fangen, die zwei mickrige Wassermelonen klauen – noch nicht mal reif und klein genug, um sie unter einem weiten Hemd zu verstecken. Nette Leute springen nicht aus den Tomaten, mit behaarten Armen und einem Schädel, der wie der Mond leuchtet, und einem dreckigen Lachen und den Worten: Erwischt! Erwischt! Nette Leute packen Jungs nicht am Kragen und schleifen sie an einem Samstagabend zur Tür des Hauses einer alten Frau und zwingen sie zu sagen: Es tut uns sooo Leid, wir werden es bestimmt nie wieder tun.

Nette Leute lassen Jungs am Samstagabend zwei lausige kleine Wassermelonen aus dem Garten einer alten Frau klauen. Nette Leute tun das! Vielleicht ziehen sie die Jungs noch Jahre später damit auf. Vielleicht bei ihrer Hochzeit oder bei einem Picknick, wenn die Leute Wassermelonen essen und sich gut amüsieren. Man würde darüber lachen, und die Jungs hätten ihre eigenen Wassermelonen und würden allen davon abgeben. So machen es nette Leute.

Nur Mr. Erwischt nicht, der nicht. Der Tod durch einen Sturz von der Leiter beim Befestigen der Fensterläden seiner Nachbarin war zu gnädig für ihn. Er hätte wenigstens auf eine Zaunspitze fallen können, dann hätte er noch ein bisschen zu leiden gehabt. Vielleicht mit Wundbrand oder so. Erwischt. Es tut uns sooo Leid. Von wegen.

Enthornen

Nichts konnte schlimmer sein als das Enthornen der Rinder. Es war nicht nur das Blut, das ihnen über das Gesicht und in Augen und Nase lief. Nicht nur das Geräusch der Säge, die dicht am Ansatz durch das Horn schnitt. Nicht nur das eiserne Gitter, das gegen die Flanke des Tiers drückte, sodass der Kopf zwischen zwei Stäben eingeklemmt war. Und nicht nur sein Brüllen und Schnaufen, wenn es versuchte, sich zu befreien. Aber es war all das zusammengenommen.

Manchmal versuchten die Jungs tapfer zu sein und standen dabei, um die Hörner, die zu Boden fielen, aufzuheben. Oder sie hielten die Tinkturen und Salben bereit, die die Blutung stillen sollten. Aber früher oder später hielten sie es nicht mehr aus und fanden irgendeine Entschuldigung, um wegzugehen.

Wenn sie zum Wäldchen gingen, um mit ihrer Spielzeugfarm zu spielen, taten sie abwechselnd so, als wären sie Stiere, die enthornt werden sollten. Einer ließ sich auf die Knie nieder. Ein anderer hielt ihm abgebrochene Äste an den Kopf. Ein Dritter benutzte eine Holzfeile als Säge. Zusammen veranstalteten die Jungs das Gebrüll, das zum Enthornen gehörte, während sie so taten, als würden sie sich gegenseitig die Äste vom Kopf feilen.

So lernten die Jungs, was die Rinder erleiden mussten. Sie lernten, dass die Tiere die Hörner, die ihnen aus dem Kopf ragten, sehen konnten – diese seltsamen Teile ihrer selbst, die sich mitbewegten, wenn sie den Kopf wandten. Die Jungs lernten, was für ein Gefühl es

war zu sehen, wie ein Horn zu Boden fiel und der Ent-
horner zur anderen Seite ging, um sich das zweite vor-
zunehmen. Manchmal gossen sie Wasser über das
Gesicht dessen, der enthornt wurde, damit er sah, wie
es war, wenn einem das Blut über die Stirn und in
Augen und Nase lief.

Was fehlt ihnen?

Es gab Eber, die, selbst wenn sie kastriert waren, zeugungsfähig blieben. Sie hatten einen versteckten Hoden, den man von außen nicht sah, sodass man nicht feststellen konnte, welcher Eber dieses kleine Geheimnis hütete.

Mit dem Geheimnis war es allerdings vorbei, wenn er sich an die jungen Sauen heranmachte, die nicht für die Zucht, sondern für den Schlachthof bestimmt waren.

Seht mal! Der da hat einen versteckten Hoden!, rief einer der Männer dann, und alles rannte mit Stöcken und Futterkellen Hals über Kopf in den Schweinestall, um den lüsternen Eber mit Schlägen und Stößen von der Sau abzudrängen, bevor das Unglück geschehen war.

Die Männer trennten den Eber dann von den anderen Schweinen, doch die Jungs bemerkten, dass sie dem Tier, anstatt es zu bestrafen, mehr und besseres Futter gaben als den anderen. Einmal sahen die Jungs einen Mann fast eine Stunde lang am Koben eines solchen Ebers stehen. Er redete leise mit dem Tier, beugte sich hin und wieder hinunter und kraulte ihm die Ohren.

Für die Jungen war das Rätsel nicht so sehr der seltsame Eber, sondern das Verhalten der Männer. Immerhin saßen ihre eigenen Hoden an einer ziemlich normalen Stelle. Was glauben sie eigentlich, was ihnen fehlt?, fragten sich die Jungs.

Die Silagegrube

Einen Tag vor der Beerdigung fuhren die Jungs mit den Erwachsenen hin. Es war ihr Vetter und nur vier Jahre alt geworden. Am Tag zuvor war er in der Silagegrube ertrunken, die sich, nachdem alle Silage an das Vieh verfüttert worden war, mit Wasser gefüllt hatte. Wenn man auf den Hof fuhr, konnte man die Silagegrube sehen. Sie war einfach da, still und friedlich: bloß eine Menge grünes Wasser zwischen zwei niedrigen Betonwänden. Sie sah nicht gerade wie ein Swimmingpool aus. Man musste schon vier sein, um auf den Gedanken zu kommen, in diesem Wasser auch nur zu waten.

Die Jungs dachten, alle würden gleich ins Haus gehen, wo man gemeinsam um den kleinen ertrunkenen Jungen trauerte. Aber nein, nur die Frauen gingen sofort hinein. Die Männer gingen erst zur Silagegrube und die Jungs ebenfalls.

Man sollte gar nicht meinen, dass die so tief ist, sagte einer der Männer.

Ein anderer zeigte auf etwas. Angeblich könnte er sich an dem Zaunpfahl da festgehalten haben und in die Mitte getrieben sein.

Aber er hätte doch schreien müssen.

Keiner hat was gehört. Sein Vater ist schließlich reingewatet, als sie ihn nirgends finden konnten. Er ist auf ihn draufgetreten, aber da war es zu spät.

So ging es noch eine Weile weiter. Die Männer versuchten sich zusammenzureimen, wie es genau passiert war. Dann gingen sie ins Haus zur Familie des kleinen Jungen.

Die Jungs blieben bei der Silagegrube. Sie sahen die Fußabdrücke des Vaters im Matsch neben der Grube. Jenseits des Zauns standen die Kühe, die mit der Silage, die jetzt nicht mehr in der Grube war, gemästet worden waren. Das Wasser war so grün wie Silage. Es roch grün. Es sah aus wie etwas, in das nur Frösche und Schlangen gehen würden. Wie konnten die Kühe nur etwas fressen, das aus der Silagegrube kam? Was konnte ein kleiner Junge darin nur gesucht haben?

Die Koyoten kommen zurück

Angeblich gab es da draußen keine Koyoten mehr. Die letzten waren schon vor Jahren mit Giftködern getötet worden. Koyoten? Hier nicht. Wir wissen, wie man mit Koyoten fertig wird. Mit zweibeinigen und mit vierbeinigen.

Aber in der Nacht hörte man Heulen. Ganz leise. Als wäre ein Koyote gekommen, um sich mal prüfend umzusehen. Hast du gestern einen Koyoten gehört? Einige hatten. Die anderen lachten. Dann fingen einige Leute an, nachts zu heulen, um sich über die lustig zu machen, die den echten Koyoten gehört hatten. Bald war die Vorstellung, dass sich da draußen irgendwo ein Koyote herumtrieb, bloß noch ein Witz.

Außer für die Jungs. Sie gingen los, um den Koyoten zu finden. Sie fanden nicht nur Fasanenfedern, die ein Koyote zurückgelassen hatte, sondern auch Koyotenhaare an einem Stacheldrahtzaun. Ein paar graue Haare. Die Jungs wussten, dass die nicht von irgendwelchen Tieren stammten, die man hier gewöhnlich sah. Wo war also dieser Koyote jetzt?

Die Jungs gingen den Grenzzaun ab, wo das Gras kniehoch wuchs. Nichts. Sie gingen an den Eisenbahnschienen entlang, wo es Rosenbüsche und kleine Weiden gab, unter denen man sich verstecken konnte. Nichts. Sie gingen am Bachbett entlang. Nichts. Sie spähten durch die Reihen von Maisstengeln und stapften durch Luzernenfelder. Nichts. Sie kletterten auf die Windmühle, von der man meilenweit in alle Richtungen sehen konnte. Nichts. Bei ihrer ganzen Suche hatten die Jungs nicht mal eine Koyotenspur gefunden. Sie hatten bloß einige Fasanenfedern und ein paar graue Haare. Die Fasanenfedern warfen sie weg, aber die Koyotenhaare steckten sie in ein kleines Glas, damit sie sie sich jederzeit ansehen konnten. Sie strichen abwechselnd über die Haare und versuchten sich vorzustellen, wie ein ganzer Koyote aussah.

Die Jungs vermuteten, dass der Koyote scheu war und sich gut versteckte, weil er in dieser neuen Umgebung keinem traute. Sie beschlossen, das zu ändern. Sie legten ein totes Huhn an die Stelle, wo sie die Fasanenfedern gefunden hatten. Am nächsten Morgen waren nur noch Hühnerfedern da. Sie stellten einen Teller Milch hin und legten eine tote Ratte daneben. Am nächsten Morgen waren die Milch und die Ratte verschwunden. Dann legten sie ein Kalbskotelett und ein paar Erdbeeren hin. Und gerade als sie wieder zurückgehen wollten, sahen sie den Koyoten. Er stand im Luzernenfeld und beobachtete sie. Er rannte nicht weg. Er stand einfach da, als wüsste er, dass sie es waren, die ihm jeden Tag etwas zu fressen brachten.

Mann! Seht euch den an: Was für Ohren! Was für Beine!

Die Jungs hatten draußen auf dem Feld noch nie ein Tier gesehen, das so groß war, und sie standen da und beobachteten es, wie es sie beobachtete.

Und was machen wir jetzt?, fragte einer der Jungs.

Wir sollten den Erwachsenen sagen, dass sie Giftköder auslegen sollen, sagte der älteste Junge.

Das Glückshalsband

Als die alte Hündin wieder einmal Welpen hatte, meinten die Männer, jeder müsse einen anderen Vater haben, weil keiner aussah wie der andere.

Sie muss sich mit einem Rudel verwilderter Hunde eingelassen haben, als sie läufig war. Man würde nie draufkommen, dass das Geschwister sind.

Die Jungs hörten die Männer über schlechte Zucht reden und hatten Angst, sie könnten die jungen Hunde töten. Und sie mussten zugeben, dass der Wurf ziemlich übel aussah. Manche waren gefleckt, andere einfarbig. Manche hatten große Pfoten, andere kleine. Manche hatten braune Augen, andere blaue. Manche hatten kurze Schnauzen, andere lange. Aber die größten Unterschiede gab es bei den Schwänzen. Wenn die Welpen tranken, konnte man sehen, dass alle wedelnden Schwänze in Farbe und Form völlig verschieden waren.

Schneiden wir ihnen doch die Schwänze ab, sagte der älteste Junge. Dann sehen sie alle gleich aus.

Die anderen fanden das eine gute Idee, und so trugen sie einen Welpen nach dem anderen zum Hackklotz. Der älteste Junge nahm die Axt, aber er hatte Angst, er könnte das Hinterteil der Welpen verletzen und hielt zu viel Abstand, sodass er ihnen nur die Schwanzspitze abtrennte. Als er fertig war, sahen die Welpen mit ihren Stummelschwänzen noch schlimmer aus als zuvor.

Als die Männer sahen, wie albern die Welpen aussahen, taten die Jungs ihnen Leid, weil sie sich solche

Mühe gegeben hatten, die Hunde zu retten, und versprachen, keinen zu töten.

Davon sahen die Welpen zwar auch nicht besser aus, aber die Jungs waren trotzdem stolz auf das, was sie geschafft hatten. So stolz, dass sie die Schwanzspitzen zusammensuchten und auf eine Schnur zogen, als Glückshalsband.

Der Brunnen

Die Jungs durften nicht in die Nähe des Brunnens gehen, nicht auf den Brettern spielen, mit denen er abgedeckt war, durften die Bretter nicht anheben und schon gar nicht in den Brunnen sehen oder etwas hineinwerfen, um zu sehen, wie tief er war.

Eines Tages stieg ein Jungstier auf die Bretter und brach mit dem Hintern voran glatt durch. Die Jungs hörten das alte, nasse Holz krachen, hörten den dumpfen, vom Brunnenschacht verstärkten Knall – fast wie eine laute Version des Geräuschs, das einer macht, wenn er mit der Zunge schnalzt. Sie fuhren herum und sahen den panischen Ausdruck auf dem weißen Gesicht des Stiers. Seine Hufe klammerten sich an den Rand des Schachtes, als wünschten sie sich, sie wären Finger. Dann hörte man ein grunzendes Muhen, das Kratzen von Hufen an der Schachtwand und ein flach klingendes *Platsch*.

Die Jungs waren enttäuscht, als sie feststellten, dass der Brunnen gar nicht so tief war. Sie konnten die Nase des Stiers berühren, und wenn einer von ihnen hineingefallen wäre, hätten sie ihn mühelos wieder herausziehen können. Es war schwer, Mitleid mit einem Stier zu haben, der gerade in etwas gefallen war, das sie selbst nicht mal anfassen durften.

Doch jetzt bot sich die Gelegenheit zu beweisen, dass man sie guten Gewissens an den Brunnen lassen durfte. Allerbesten Gewissens. Sie wussten, dass sie den Männern Bescheid sagen mussten, bevor sie den Stier herauszogen, sonst würde ihnen die Geschichte keiner glauben. Aber sie mussten die Sache gut in der Hand haben, bevor sie Hilfe holten.

Der blöde Stier wusste immerhin, wo oben und unten war, und richtete seine Nase genau auf die Jungs. Er war eingeklemmt. Alle vier Beine zeigten nach oben, und der Kopf hing dazwischen, und er sah dämlicher denn je aus. Aber es war leicht, ihm ein Lasso um den Hals zu legen, und dann noch eins und noch eins. Die Jungs banden sich die anderen Enden um, lehnten sich zurück und zogen.

Das würde nicht leicht werden. Weil sich der Brunnenschacht nach unten verjüngte, saßen Rücken und Hinterteil des Stiers so fest wie ein Korken in der Flasche. Aber immerhin war es ein guter Anfang für eine Rettungsaktion, so viel war mal sicher. Sie hatten die richtige Idee gehabt, das konnte niemand bestreiten. Also riefen sie die Männer zu Hilfe.

Als die Männer sich erst einmal überzeugt hatten, dass die Geschichte von dem Stier, der ausgerechnet in den Brunnen gefallen war, tatsächlich stimmte, waren sie beeindruckt. Sie brauchten die Aktion nur noch ein bisschen zu verfeinern, indem sie auch um die Beine des Tiers Lassos legten, damit sich der Zug besser verteilte und sich die Beine nicht verkeilten. Dann holten sie einen Traktor mit einem Mistheber, banden die Lassos daran fest, zogen den Stier heraus und setzten ihn ab. Zehn Minuten – fertig.

Der Stier sah einigermaßen mitgenommen aus. An den Flanken war das Fell in großen Flecken abgeschürft. Die Männer untersuchten ihn, indem sie die Arme schwenkten, um zu sehen, ob er aufstand. Anfangs wäre er beinah wieder umgefallen, aber dann ging er langsam davon und schnüffelte dabei auf

dem Boden herum, als sei ihm die ganze Sache pein-
lich.

Das war knapp, sagte einer der Männer.

Stimmt, sagte der älteste Junge. Gut, dass wir nicht
so blöd sind, in der Nähe des Brunnens zu spielen.

Die Mädchen

Die Mädchen hatten viel mehr Spaß. Sie hatten sich mit einer Decke, die sie über die Wäscheleine gehängt hatten, ein Zelt gebaut. Sie hatten Puppen. Sie hatten kleine, mit Maismehl verzierte Sandkuchen. Sie hatten sich fein gemacht und trugen alte Hüte, ja sogar Hutnadeln. Sie hatten hochhackige Schuhe.

Es waren eine Menge Leute da – Vettern und Cousinen, Onkel und Tanten –, und auf den Picknicktischen standen eine Menge Gerichte. Ein Softballspiel war im Gange, und später würde es ein Tauziehen geben. Aber drüben, abseits der Picknicktische und der Spiele der Erwachsenen, hatten die Mädchen viel mehr Spaß. Ihr Spielhaus, ihre Kuchen aus Sand und ihre Verkleidungen waren das Beste von allem, und die Jungs wussten das.

Fragen wir doch die Mädchen, ob wir mitspielen können, schlug einer vor. Aber die anderen sagten: Was? Und hochhackige Schuhe anziehen?

Stattdessen rannte einer der Jungs hin und riss an der Decke, sodass sich eine Seite des Spielhauses in die Höhe hob. Und da saßen sie, für alle sichtbar, mit ihren Puppen und Matschkuchen und Verkleidungen im Kreis und hatten jede Menge Spaß.

Hört auf!, schrie eins der Mädchen, und dann kam ein Erwachsener und sagte den Jungs, sie sollten Softball spielen und sich für das Tauziehen fertig machen.

Das taten sie dann. Sie schlurften missmutig davon, wie man es ihnen gesagt hatte, aber sie beschmierten den Ball mit Hundescheiße und spuckten auf die Stelle des Seils, die ihr Vordermann anfassen würde.

Wie die Natur alles regelt

Als es an der Zeit war, die Hähne zu schlachten, sagten die Männer den Jungs, sie sollten sie einfangen und der Älteste könne ihnen dann den Kopf abschlagen. Der älteste Junge freute sich, dass man ihm die wichtigste Aufgabe übertragen hatte, und rannte los, um die Axt zu holen. Doch als er zurückkam, konnte er den Hackklotz nirgends finden.

Alle fingen an zu suchen, und dann fiel einem ein, dass sie den Hackklotz im letzten Winter, als der Ölbrenner kaputtgegangen war, im alten Küchenofen verheizt hatten.

Ohne Hackklotz kann ich den Hähnen nicht den Kopf abhacken, sagte der älteste Junge zu den Männern. Ihr müsst einen neuen besorgen.

Wollen mal sehen, sagte einer der Männer. Der alte Stumpf vom Kirschbaum ist verfault, stimmt's? Diese Weiden da sind nicht dick genug, und den Eichenstamm haben wir schon vor zwei Jahren verkauft. Und die Eschen haben wir abgeholzt, um mehr Platz für den Maisanbau zu haben.

Man sah sich um. Es gab keine Baumstämme mehr auf dem Hof. Und auch keine Bäume, die dick genug für einen Hackklotz gewesen wären.

Tja, da musst du dir was Neues einfallen lassen, sagten die Männer und gingen aufs Feld.

Der älteste Junge rannte ins Haus und kehrte mit einem Schlachtermesser zurück. Einer von euch hält Flügel und Füße fest, sagte er, und ich nehme den Kopf und schneide ihn mit dem Messer ab.

Der Jüngste hielt den Hahn fest, aber kaum hatte der älteste Junge ihm den Hals durchgeschnitten, da schlug das Tier mit den Flügeln und strampelte mit den Beinen, und der kopflose Hahn flatterte durch die Luft, bespritzte alle mit Blut und verschmierte sich mit Blut und Matsch, als er auf dem Boden landete.

Das funktioniert nicht, sagte der älteste Junge. Das Abschneiden ist leicht, aber wenn der Kopf ab ist, ist so ein Hahn ganz schön schwer festzuhalten.

Also dachte er sich eine Methode aus, bei der jeder Junge eine Aufgabe bekam, die seiner Stärke entsprach. Die meisten anderen erledigten das Einfangen, er selbst hielt den Hahn fest, und der Jüngste schnitt ihm den Kopf ab.

Später kamen die Männer vorbei, um zu sehen, wie die Jungs zurechtkamen. Der Jüngste handhabte das Messer inzwischen sehr schnell und geschickt, und seine Arme waren blutbedeckt. Hinter ihm standen Körbe voller toter Hähne, die nur noch weggebracht und gerupft werden mussten.

Ist es nicht erstaunlich, sagte einer der Männer, wie die Natur alles von ganz allein regelt, wenn man sie nur lässt?

Ein totes Opossum

Eine Kuh sah aus, als rauchte sie eine Zigarre. Ein Stück Maiskolben ragte aus ihrem Mund, und aus der Nase stieg Dampf auf wie Rauch.

Seht mal!, sagte einer der Jungs. Die Kuh raucht eine Zigarre!

Die anderen fanden nichts Besonderes dabei. Die Kuh sah tatsächlich aus, als paffte sie eine Zigarre, als wäre das eine liebe Gewohnheit.

Na und?, sagte der älteste Junge. Sag uns Bescheid, wenn die Scheune ein Ei legt. Er dachte dabei an die Zeit, als Eier aus der Scheune gefallen waren, drei Meter über dem Boden. Irgendeine Henne hatte sich ausgerechnet neben einem Astloch ihr Nest gebaut.

An diesem Tag konnte nicht viel passieren, bei dem nicht einer der Jungs gesagt hätte: Na und – sonst noch was? Es war kalt, die Arbeit zog sich hin, und es lag kein Schnee, in dem man hätte spielen können, aber die vereisten Rinnen und Fahrspuren machten das Gehen anstrengend. Die Luft hatte jene feuchte Kälte, von der die Haut da, wo die Stiefel aufhören, wund wird. Es war so kalt, dass man Handschuhe brauchte, wenn man nichts tat, aber nicht so kalt, dass man welche brauchte, wenn man arbeitete. Genau das richtige Wetter, um sich eine Erkältung einzufangen.

Die Jungs brauchten sich nicht gegenseitig zu erzählen, dass sie schlechte Laune hatten. Aber dann passierte etwas sehr Merkwürdiges. Der Junge, dessen

Aufgabe es war, nachzusehen, ob im Tank noch genug Wasser für die Kühe war, fand darin ein ertrunkenes Opossum. Das wäre an sich nicht weiter interessant gewesen, wenn das Opossum nicht einen großen roten Apfel im weit aufgerissenen Maul gehabt hätte. Es sah aus wie ein Mensch mit einem großen Mund, der nach Äpfeln geschnappt hatte. Einer mit einem großen Mund und scharfen, kleinen gelben Zähnen.

Der Junge wollte den anderen zurufen, sie sollten mal herkommen und sich das ansehen, aber er wusste, dass sie ihm nicht glauben würden oder jedenfalls, selbst wenn sie ihm glaubten, nicht in der richtigen Laune dafür sein würden. Einer von ihnen würde wahrscheinlich so etwas sagen wie: Na und – ein totes Opossum mit einem Apfel im Maul. Warum fragst du es nicht, ob es dich mal beißen lässt?

Es war eine Merkwürdigkeit, die der Junge allein genießen musste. Er stand eine Weile da und wunderte sich über das tote Opossum. Es hatte den Apfel wohl im Obstgarten gestohlen, und er war ihm im Maul stecken geblieben. Dann war es zum Wassertank gegangen, um etwas zu trinken oder den festsitzenden Apfel auszuspülen. Vielleicht hatte es das Maul mit dem Apfel darin nicht über Wasser halten können.

Der Junge hob mit der Heugabel das tote Opossum hoch. Es war schwerer, als er dachte, wahrscheinlich weil es so viel Wasser geschluckt hatte. Zwei Kühe kamen herbei, um zu sehen, was sich da tat. Dann noch ein paar, bis der Junge von Kühen umgeben war. Er hob das tote Opossum aus dem Tank und warf es auf die gefrorene Erde. Der Apfel rührte sich nicht von der Stelle. Er stocherte mit der Heugabel danach, aber der Apfel saß fest.

Verrückt, was?, sagte der Junge zu den Kühen. Ist das nicht verrückt?

Einige nickten und traten dann an ihm vorbei, um zu trinken.

Demolition Derby

Die altersschwachen Wagen krochen auf dem Base-
ballfeld herum wie alte Köter oder schwächliche Schweine, die seit einer Woche nicht mehr gefüttert worden
waren. Sie stießen spotzend kleine Auspuffwolken aus,
und ihr Knurren wurde zu einem Wimmern. Die Laut-
sprecher plärrten die Nationalhymne, die Menge schrie
und pfiff, und irgendwie kam Leben in diese grausam
alten Autos. Die Fahrer nahmen einander aufs Korn.
Sie sahen allesamt glücklich, aber gemein aus. Sie
würden diese Schrottkisten dazu bringen, ihren
Schwanengesang zu singen, und das machte ihnen
Spaß.

Sogleich krachte und knirschte es. Kotflügel lösten
sich. Reifen platzten. Kühler stießen Dampfwolken
aus. Ein paar Autos gaben auf, noch bevor sie ge-
rammt worden waren, fast als wären sie inmitten dieses Tohuwabohus vor Angst gestorben.

Die Jungs waren noch nie bei einem Demolition
Derby gewesen. Sie kannten die einzige Regel – der
letzte Wagen, der noch fahren kann, gewinnt –, aber es
sah nicht so aus, als könnten diese Schrotthaufen noch
viel mehr Schläge austeilen oder einstecken, als sie
schon bekommen hatten. Manche Fahrer jagten ihre
Autos im Rückwärtsgang herum und versuchten, den
anderen den Kühler einzudrücken, ohne dabei mehr
als einen Kofferraumdeckel zu verbeulen. Ein paar
versuchten sich erst einmal aus dem allgemeinen Ge-
tümmel herauszuhalten und hielten sich am Rand,
während die Kampflustigen aufeinander losgingen,

aber früher oder später war jeder mal dran. Am Ende konnte nur einer übrig bleiben, und die Jungs wussten das.

Wen sollen wir eigentlich anfeuern?, fragten sie sich. Den großen, bulligen Buick mit den Kotflügeln, die wie zu große Schulterpolster aussahen, oder den hin und her schleudernden kleinen Ford, der versuchte, sich hinter einer Wolke aus aufgewirbeltem Staub zu verstecken?

Je länger es dauerte, desto schlimmer wurde das Demolition Derby, und es wurde schwerer und schwerer, irgendeinem den Sieg zu wünschen. Manche Wagen sahen so verkrüppelt aus wie dreibeinige Hunde. Bei einem drückte der Kotflügel auf den Reifen – jedes Mal, wenn der Wagen sich bewegte, hörte es sich an, als schreie er vor Schmerzen.

Wer konnte stolz darauf sein, bei diesem Spiel gewonnen zu haben? Was hatte der Sieger schon vorzuweisen? Ein eigenartiges Gefühl überkam die Jungs: Langeweile, gemischt mit Angst. Wer hatte überhaupt die Idee gehabt herzukommen?

Die Käfigfalle

Es gab eine Käfigfalle für Ratten. Es war eine freundlichere Methode, Ratten zu fangen, als bei der üblichen Falle, die den Ratten die Beine einklemmte und ihnen Qualen bereitete, bis eine Katze sie fand oder ein Mensch kam und sie erschlug.

Aber einmal nahmen die Jungs eine Käfigfalle mit einer Ratte darin und stellten sie in ein Feuer aus Maiskolben. Sobald die Ratte das Feuer sah, schien sie zu ahnen, dass etwas Schreckliches geschehen würde. Sie rannte auf und ab und quietschte wie eine Gummimaus. Als die Jungs die Falle ins Feuer stellten, kletterte sie an den Gittern des Käfigs hinauf und hing sogar einen Augenblick lang kopfunter an der Decke. Doch die Flammen erreichten sie trotzdem. Die Haare rollten sich zusammen wie kleine Spiralfedern. Die Ratte verlor den Kopf und rannte dorthin, wo es am heißesten war. Sie klammerte sich am Gitter fest und ließ sich von den Flammen umzüngeln. Dann wurde sie mit einem Mal ganz steif, als hätte sie einen elektrischen Schlag bekommen, und die Jungs bugsierten den Käfig aus dem Feuer, bevor der Gestank unerträglich wurde.

Erst nachher war den Jungs unbehaglich zumute. Nicht dass irgendjemand etwas für Ratten übrig hatte. Jeder hasste sie. Ratten hatten das Schlimmste verdient. Keinem fiel zu Ratten etwas Gutes ein. Aber nichts von dem, was den Jungs zu Ratten einfiel, half. Sie schüttelten die Ratte auf den Boden, und einer von ihnen nahm einen Spaten und vergrub sie eiligst im

Wäldchen. Die anderen holten Wasser, um das Feuer auszumachen. Dann trugen sie die Käfigfalle zur Viehtränke, wuschen den Ruß und die Rattenhaare ab und sahen sich dabei die ganze Zeit um, ob sie jemand beobachtete. Sie wussten, dass sie wohl etwas Schreckliches getan hatten, aber sie konnten nicht so recht den Finger darauf legen.

Junikäfer

Sie knallten nachts wie kleine Steine gegen das Küchenfenster. Oder eher wie Kirschen. Doch die Köpfe von Junikäfern waren härter als Kirschen, und ihre Flügel waren wie aus Blech. Sie zerplatzten nicht. Wirklich – es gab kein Geräusch, das dem eines Junikäfers, der gegen ein Fenster flog, gleichkam. So wie es auch kein Geräusch gab, das dem des ersten Milchspritzers in einem leeren Eimer gleichkam.

Doch jedes Jahr, wenn der erste dieser kleinen Steine oder was immer es war gegen das Küchenfenster prallte – und zwar eher im Mai als im Juni –, sagte einer der Jungs immer: Wo haben wir sie hingetan? Er meinte die Tischtennisschläger.

Alte Tischtennisschläger waren das beste, um die Junikäfer zu erwischen, wenn sie im Sturzflug auf ein erleuchtetes Küchenfenster zu rasten – die Art von Tischtennisschlägern, bei denen die Gummischicht bis auf das nackte Holz abgenutzt war. Das gab einen schönen, klatschenden Ton, der noch lauter war als der Aufprall eines Junikäfers auf der Fensterscheibe.

Für die Jungs waren die Junikäfer Kamikazepiloten und das erleuchtete Fenster ein Schlachtschiff. Wenn ein Käfer durchkam, würde das Schiff sinken. Mit dem Rücken zum Fenster standen die Jungs da wie Flakschützen und hielten nach dem kurzen Aufblitzen der Junikäfer Ausschau, die im Bruchteil einer Sekunde aus dem Dunkel auftauchten.

Die Erwachsenen sahen dem Treiben von drinnen zu, lachten und sagten, das sei eine gute Übung. Eines

Tages würde die gute Reaktion der Jungs dafür sorgen, dass sie nicht mit der Hand in den Transmissionsriemen des Traktors oder zwischen die Walzen des Maisputzers gerieten. Und einem Auge, das im Dunkeln einen Junikäfer erkennen konnte, würde auch die Bindehautentzündung eines Mastkalbs oder ein Wiesel im Hühnerstall nicht entgehen.

Die Jungs fanden, dass die Farmarbeit keine besondere Schnelligkeit erforderte. Mit Junikäfern war das was anderes. Wenn die kamen, war man im Nu in einer Welt, in der die Devise lautete: Zuschlagen oder untergehen.

Was, wenn

Was passiert, wenn man im Heuschober ein Feuer macht, wenn man ein Streichholz nimmt und das Heu am Tor anzündet und sich dann hinsetzt und «Feuer!» schreit? Man könnte natürlich auch bloß «Hilfe!» schreien und sehen, wer angelaufen kommt.

Aber was, wenn man das Feuer dann nicht mehr löschen kann?

Man kann es aber löschen. Man braucht nur mit dem Fuß darauf zu treten, und schon ist es aus.

Bei diesen Überlegungen kam an diesem Morgen nichts heraus. Es war eben bloß so eine Idee. Doch eine Woche später fanden die Jungs ein paar Schrotpatronen im Werkzeugschuppen. Wenn man sie schüttelt, sagte einer, kann man die Schrotkugeln hören.

Also beschlossen sie, die Schrotkugeln rauszuholen. Sie rissen die Patrone am oberen Ende auf, und schon rollten ihnen die kleinen schwarzen Schrotkugeln entgegen. Dann bemerkten sie, dass die Patrone noch nicht leer war.

Wie kriegen wir den Rest von dem Zeug raus?, fragte einer. Er steckte einen Nagel in die Patrone und hebelte den Pappstopfen heraus, doch das dunkle, zusammengepresste Pulver war immer noch in der Patrone. Sie spannten sie in den Schraubstock und hämmerten den Nagel in das Pulver, um es Stück für Stück herauszukratzen. Es saß ganz fest, aber wenigstens explodierte es nicht. Sie wussten nicht, dass die kleine Kapsel am anderen Ende, wo der Schlagbolzen auf den Patronenfuß trifft, das Pulver explodieren lässt.

Irgendetwas lenkte sie schließlich ab – vielleicht eine Ratte oder Hunger oder die Langeweile. Sie ließen die Patrone im Schraubstock zurück, wo die Männer sie später fanden, zusammen mit dem Hammer und dem Nagel. Sie konnten sich gleich denken, was die Jungs vorgehabt hatten. Sie spannten die Patrone aus, ganz langsam, damit die Zündkapsel nicht noch mehr zusammengedrückt wurde. Ihre Hände zitterten. Sie wussten, was hätte passieren können, und sie durchlebten in diesem Augenblick noch einmal ihre eigene Jugend – sie erinnerten sich an den Baum, der nicht so gefallen war, wie er hätte fallen sollen, an die Schlinge, die sich fast um den Hals eines Freundes zugezogen hätte, an das Eis, das genauso dünn gewesen war, wie man ihnen gesagt hatte. An all die Augenblicke der Neugier oder Dummheit, die sie um ein Haar das Leben gekostet hätten. Sie unterhielten sich mit den anderen über ihre Abenteuer, lachten ein paarmal nervös und steigerten sich dann in die Wut hinein, die sie für das, was nun kommen musste, brauchten.

Maiskolben und Terpentin

Es waren nicht die Jungs, die sich das ausgedacht hatten. Sie mochten diesen streunenden Hund, auch wenn er stank und gefährlich aussah. Vielleicht knurrte er bloß, weil seine Pfote geschwollen war – und vielleicht steckten in der Pfote die Schrotkugeln des letzten Farmers, dem er über den Weg gelaufen war. Die Jungs sahen den Hund am Wasserspeicher stehen. Seine Nase zeigte wie eine Wünschelrute auf die Wasserleitung.

Die Jungs hatten die Männer von einem Killerhund reden hören. Von Schafen und Kälbern mit durchgebissener Kehle und fehlenden Zungen. Von tollwütigen Hunden, die Wolfs- oder Koyotenblut in den Adern hatten. Die Jungs hatten auch das Klicken des Gewehrverschlusses gehört und die offene Patronenschachtel neben der Verandatür gesehen.

Der armselige Köter hier sah nicht wie ein Zungenfresser aus. Die Jungs brachten ihm Wasser und etwas zu fressen und strichen Raleigh's Black-Horse-Salbe auf die geschwollene Pfote, bevor ihn eine Gewehrkugel erledigen konnte. Danach waren sie ganz sicher, dass er kein Killerhund war, aber mit ein bisschen Fressen und Wasser und Salbe auf der geschwollenen Pfote ließ sich an seinem Aussehen nichts ändern. Ihnen fiel noch etwas ein, das sie von den Männern gelernt hatten. Sie lockten den Hund in den Werkzeugschuppen, wo niemand ihn winseln und knurren hören würde, wenn sie ihn festhielten, seinen Hintern mit Maiskolben bearbeiteten, bis er blutete, und anschließend Terpentin auf die wunde Stelle spritzten.

So sorgten sie dafür, dass der Hund am Leben blieb und heulend Gott weiß wohin davonrannte. Vielleicht würden die Schmerzen ihn dazu bringen, zu seinem Zuhause, das er ja irgendwo haben musste, zurückzurennen – oder wenigstens zum Flussufer mit seinen Büschen, unter denen man sich verstecken konnte, und den vielen kleinen Feldmäusen, die dort herumsaßen und darauf warteten, dass etwas passierte.

Die Ernte

Zur Erntezeit war alles anders als sonst. Die Frauen kamen aus den Häusern und Gärten und trugen Handschuhe, Latzhosen und Stiefel, die ihnen zu groß waren. Aber sie waren bereit zu arbeiten, bereit, die Ernte einzubringen, auf die alle warteten.

Wo hatten sie all diese Dinge gelernt? Sonst sah man sie nie auf einem Traktor sitzen. Doch nun taten sie genau das, und sie fuhren sogar diagonal über die Furchen der abgeernteten Maisfelder, genau im richtigen Winkel, sodass sie nicht vom Sitz geschleudert wurden. Wo hatten sie diesen Trick gelernt? Und bei der Haferernte wussten sie irgendwie genau, wie man die Garben zu perfekten kleinen Tipis band. Sie versuchten nicht, vier Garben auf einmal zu binden, aber sie stellten ihre Garben auf, und zwar so, dass der Wind sie nicht umwerfen konnte. Manche Frauen schoben sogar Garben in die Dreschmaschine – vielleicht nicht so schnell wie die Männer, aber dafür passten sie besser auf, dass die Ähren als Erstes in den Trichter kamen. Und wer hatte ihnen beigebracht, wie man verhindert, dass das Vieh davonläuft, wenn man mit einer Fuhre Korn durch das Tor fährt? So seltsam sie auch in diesen weiten Arbeitskleidern aussahen – sie wussten jedenfalls, wie man es richtig machte.

Die Männer machten Witze darüber, wie komisch es aussah, wenn die Frauen auf einen Traktor stiegen oder sich bückten, und die Jungs lachten mit ihnen.

Aber abends, wenn die Frauen früher aufhören mussten, um das Essen zu kochen und im Haus aufzuräumen, übernahmen die Jungs ihre Arbeit. Sie glaubten, dass es den Feldern egal war, wer sie aberntete. Zwar hatten die Jungs beim Garbenwerfen nicht so viel Kraft wie die Männer, aber sie schafften einiges, indem sie versuchten sich zu erinnern, wie die Frauen es machten.

Kriegsspiel

Die Jungs beschlossen, Krieg zu spielen, mit Feder-
pfeilen als Waffen. Die langen Schwanzfedern von
Fasanen ließen sich so leicht in den weichen Teil eines
Maiskolbens stecken wie ein Federhalter ins Tinten-
fass, und schon hatte man einen Pfeil. Einen Maiskol-
ben-Fasanenfedern-Pfeil, der genauso gut flog wie ein
gekaufter, nur dass man noch nicht mal einen Bogen
brauchte, bloß einen guten Wurfarm. Die Jungs zählten die Pfeile ab, damit jede Seite gleich viele bekam.
Dann verteilten sie sich hinter Schuppen und Maschi-
nen und fingen an, sich mit Pfeilen zu bewerfen.

Eine Zeitlang hatten die Jungs Spaß daran, vielleicht
wegen der Anmut, mit der die schlanken braunen Federn im Bogen durch die Luft flogen. Aber keiner
wurde je getroffen, und sie hatten auch keine Regeln,
die besagten, was eigentlich passierte, wenn einer
getroffen wurde. Sie hatten zwar gute Munition, aber
ein richtiger Krieg war das nicht.

Also einigten sie sich darauf, dass man bei einem
Treffer an Arm oder Bein *verwundet* war. Ein Treffer an
einer anderen Stelle des Körpers hieß, dass man *tot*
war. Ein Verwundeter konnte noch weiterkämpfen,
musste dabei aber kriechen. Ein Toter musste liegen
bleiben, bis das Spiel vorbei war.

Die beiden Parteien gingen auf kürzere Distanz, damit
sie einander besser treffen konnten, aber kaum hatte der
erste Pfeil sein Ziel gestreift, da fingen sie an zu schum-
meln und zu streiten. Die Schulter gehört zum Arm, also
ist das eine Wunde!, schrie der getroffene Junge.

Der Streit über die Regeln wurde so hitzig, dass die Jungs ihre Pfeile immer schwungvoller warfen, auf immer kürzere Entfernung.

Erzähl mir bloß nicht, das ist dein Hintern, rief ein Junge, als er einen Gegner an der Wange getroffen hatte.

Die Maiskolbenpfeile schmerzten ein bisschen mehr, als die Jungs gedacht hatten. Bald hatten sie Kratzer und blaue Flecken auf Armen und Gesichtern.

Voller Wut wurden die Regeln revidiert: Jeder, der *Au* sagt, ist verwundet, verkündete der stärkste Junge. Und jeder, der schreit, ist *tot*!

Es dauerte nicht lange, und alle hatten so viele Treffer abgekriegt oder waren so wütend, dass sie Spucken und Treten in ihr Repertoire aufnahmen. Sie rissen die Federn aus den Pfeilen, die bei ihnen landeten, und zertraten die Maiskolben. Sie zerstörten die Waffen ihrer Gegner, um ihnen gegenüber im Vorteil zu sein.

Ein paar Tage später war es, als hätte es dieses Kriegsspiel nie gegeben. Sie waren zurückgekehrt in die sichere Welt ihrer Eisenbahnen und Spielzeugtraktoren, und wenn etwas kaputtgegangen war, halfen sie einander manchmal sogar, es zu reparieren. Die Kratzer auf ihren Gesichtern mochten sie sich beim Herumtollen im Heu geholt haben. Die zerbrochenen Maiskolben mochten Erdhörnchen zurückgelassen haben, die sich über die Futterkrippen hergemacht hatten. Und vielleicht hatte ein Fuchs mal wieder ein paar Fasanen erwischt. Seht euch bloß diese Federn an – ganz geknickt. Ein Wunder, dass kein Blut daran klebt.

Sechster Teil

Der Großvater

Glühwürmchen

Später ging den Jungs auf, dass nur der Großvater wusste, wie dunkel die Nacht werden würde, als er sie zu einem Spaziergang zum Sumpfloch aufforderte. Ich glaube, dort hab ich eine Überraschung für euch, sagte er. Das genügte, um sie davon abzuhalten, ihn und einander unterwegs zu ärgern.

Die Sonne ging hinter ihnen unter, und die Viehweiden und Maisfelder sahen grüner denn je aus. Sie kamen zur Senke, wo das Sumpfgras der Biegung des Baches durch die Felder folgte, und spürten auf ihren Gesichtern die ersten Schwaden kühler Luft, die aus dem Gras aufstiegen und noch kühler wurden, als sich rings um sie her die ersten kleinen Nebel bildeten. Man fühlte es erst auf der Stirn, knapp unterhalb des Haaransatzes, und dann an den Ohren.

Ihr Großvater ging und sprach in gemächlichem Tempo, wie es seine Art war, und das bewirkte, dass sie sich weder über ihre nassen Schuhe noch über die Mücken oder die kühle Nachtluft beklagten.

Und jetzt warten wir, sagte er, als sie am Rand des Sumpflochs angelangt waren.

Ringsum senkte sich die Nacht herab. Der Himmel war noch hell, aber wenn man hinunter ins Gras sah, merkte man, dass es dort unten schon dunkel war. Der Großvater zog ein leeres Einmachglas aus dem Beutel, den er mitgenommen hatte.

Ich zeig euch jetzt einen kleinen Trick, sagte er. Dieses Einmachglas wird auf dem Rückweg unsere Taschenlampe sein.

Es wäre ihm ein Leichtes gewesen, sie blöd aussehen zu lassen, wenn sie eine blöde Frage stellten – also warteten sie stumm auf das Geheimnis dieses Tricks. Was immer es sein mochte.

Der erste Hinweis war ein plötzliches, unheimlich grünes Leuchten im dunklen Gras, das zu einem helleren, klareren Licht wurde, als das Glühwürmchen aufflog.

Wartet, sagte er noch einmal. Wartet. Und während sie das taten, erschienen die Lichter des Sumpflochs, eins nach dem anderen, bis die Luft von Lichtpünktchen wimmelte. Überall waren Glühwürmchen. Sie stiegen aus dem feuchten Gras wie Blasen in einer Schüssel aus Dunkelheit, wirbelten dabei herum, gingen manchmal mitten im Flug aus und erschienen wieder an einer anderen Stelle.

So, sagte der Großvater, und jetzt treibt sie in das Glas, ganz vorsichtig, so wie ich. Das taten sie. Sie schoben die Lichtpünktchen in das Einmachglas, Dutzende von Glühwürmchen, bis es ein paar Zentimeter hoch gefüllt war. Der Großvater legte den Deckel lose auf und hielt das Glas dicht an das Gesicht eines der Jungs, das schlagartig vom Licht der Glühwürmchen beleuchtet wurde.

Er hielt das Glas an den Boden, als könnte er sonst keinen einzigen Schritt tun, und machte sich auf den Rückweg, das Licht immer in der Nähe seines Beins, damit die Jungs ihm folgen konnten.

Die fühlten sich wie auf einer geheimen Mission, und bis sie die Lichter des Hauses sahen, sprachen sie kein Wort.

Wenn das die anderen sehen, sagte einer von ihnen. Mann, wenn das die anderen sehen!

Doch der Großvater blieb stehen. Wenn wir zurück-kommen, haben wir zu viel Licht, sagte er. Und wer weiß, wer sich da draußen sonst alles verläuft.

Er nahm den Deckel vom Glas.

Aber wenn wir ihnen die Glühwürmchen-Taschen-lampe nicht zeigen, wird uns das keiner glauben, sagte einer der Jungs.

Das gehört ja zum Spaß dazu, sagte der Großvater und ließ die Glühwürmchen frei.

Der Wald

Als der Großvater von seiner Reise zu Verwandten im Westen zurück war, hatte er den Jungs etwas zu erzählen. Er nahm sie wie immer mit auf seinen Spazierweg zwischen den Maisfeldern und der Viehweide. Er pflückte eine Maisrispe, zerrieb den Pollen zwischen den Händen und streute ihn im Gehen auf die anderen Pflanzen. Dann sagte er: Könnt ihr euch vorstellen, dass es auf der Welt wahrscheinlich mehr Bäume als Maispflanzen gibt?

Die Jungs sahen an den fast einen Kilometer langen Reihen von Maispflanzen entlang, deren Blüten im Sonnenlicht hin und her schwankten. Hunderte und Tausende von Rispen, so weit das Auge reichte.

Der Großvater erzählte ihnen von seiner Reise durch die Berge, wo man meilenweit nichts anderes sah als Hänge, die länger als die Reihen von Maispflanzen und voller Bäume waren. Bäume, Bäume, Bäume, sagte er.

Aber wenn da alles voller Bäume ist, wo pflanzen die dann ihren Mais an?, fragte einer der Jungs.

In den Wäldern gab es keinen Mais, sagte der Großvater. Bloß Bäume, Bäume und noch mehr Bäume.

War das nicht langweilig?, fragte der Junge.

Der Großvater pflückte noch eine Maisrispe, roch daran und zerrieb sie, langsamer als zuvor, zwischen den Händen. Doch, sagte er. Darum bin ich ja auch früher zurückgekommen.

Das Meer

Der Großvater erzählte ihnen, als er nach seiner Reise über das Meer mit der Eisenbahn hierher gefahren sei, habe ihn das Gras der Prärie an das Meer erinnert. Aber das Gras war verschwunden, und die Jungs verstanden nicht, was er meinte.

Sieht denn ein Maisfeld nicht wie das Meer aus?

Nein, nein, sagte er und lachte. Das Meer hat keine Reihen, sondern Wellen, und der Geruch, den der Wind vom Meer mitbringt, ist ganz anders als der, den der Wind von den Maisfeldern mitbringt.

Ist es wirklich so groß, wie alle sagen?

Noch größer. Seht euch den Himmel an, und dann stellt euch etwas vor, das noch viel größer ist als er.

Aber auf Bildern sieht man immer ein Schiff oder Felsen oder eine Insel. Auf Bildern ist das Meer kleiner als ein Maisfeld, bei dem man das Ende nicht sehen kann.

Das Meer ist größer als alle Maisfelder zusammengenommen. Es ist tiefer, als ein Maisfeld lang ist. Und es ist gewaltig, sagte der Großvater. Wenn man auf den Wellen schaukelt, kann man spüren, wie viel Kraft unter einem, hinter einem, rings um einen herum ist. Auf dem Meer hab ich mich sehr klein gefühlt. Und der Mais ... Na ja, ihr seht ja: Ich bin fast so groß wie diese Stengel, und ich könnte in einer halben Stunde zum Ende des Felds und wieder zurück laufen.

Die Jungs sahen auf das Maisfeld. Dann sahen sie ihren Großvater an. Konnten diese alten Füße über so tiefen Tiefen gestanden haben? Konnten diese Augen weiter geblickt haben als alle Maisfelder der Welt zusammengenommen?

Wenn das Meer so groß ist, könnte es dann nicht kommen und uns überschwemmen, die Maisfelder und alles?

Ich glaube nicht, sagte der Großvater. Das Meer ist zwar wirklich groß, aber ich verlasse mich auf die Maisfelder.

Die Berge

Die Jungs hatten noch nie einen Berg gesehen. Sie hörten andere Leute darüber reden: Wie sie sich aus der Ebene erhoben, sodass man sie schon fünfzig Meilen, bevor man sie erreicht hatte, sehen konnte, und wie der Himmel sich mit einem Flammenteppich bedeckte, wenn die Sonne hinter ihren Gipfeln unterging. Wie die Berge ihre Arme durch die Wolken reckten und wie faule Wolken, die zu tief über die Spitzen trieben, entzweigeschnitten wurden. Es gab Lawinen, von denen man verschüttet werden konnte wie eine Ameise von einem Heuballen, und so tiefe Schluchten, dass man, wenn man hinunterfiel, genug Zeit hatte, um die Bibel von vorne bis hinten zu lesen, bevor man sich in einen Fettfleck auf den Felsen verwandelte. Berge waren für die Jungs so märchenhaft wie Drachen, so wild und entrückt, so sagenhaft und verlockend wie nur irgendetwas, das sie je hatten sehen oder berühren wollen.

Berge gehörten nicht zu den Dingen, über die sie sich unterhielten. Sie hörten sich gemeinsam die Geschichten über Berge an, aber sie dachten schweigend darüber nach, meistens allein und gegen Abend, wenn dieselbe Sonne, die hinter den Bergen unterging, langsam unter dem langen Horizont aus Luzerne und Hafer und Mais versank, wenn zehn Meilen entfernte Scheunen und Silos wie kleine Papiermodelle aussahen, wie Ameisen auf einem Maulwurfshügel, die sich bemühten, bedeutend auszusehen. Oder wenn ein Gewitter aufzog, versuchten sie sich vorzustellen, dass die mächtigen Wolken Berge waren, und insgeheim wünschten sie sich eine Lawine von Hagelkörnern, die ihre eintönige Welt von Grund auf verändern würde.

Schnee

Es war so viel Schnee! Würde das nie aufhören? Schnee im Schornstein, Schnee auf den Fensterbänken. Schnee, so hoch wie die Zäune, über denen die Kälber jetzt ziellos umhergingen. Ein kleiner Schneehügel hinter dem Spalt in der Tür der Veranda. Schnee auf den Dächern. Schmutziger Schnee. Sauberer Schnee. Schnee, der auf Schnee lag. Nasser Schnee an der sonnigen Südseite der Häuser. Schneewehen an den Nordseiten. Hügel, Täler, Ebenen aus Schnee.

Einer sagte, er sehe schön aus.

Einer sagte, er bringe das Beste in den Menschen zum Vorschein.

Einer sagte, er gebe den Leuten Zeit, das zu tun, was sie schon lange hätten tun sollen.

Einer sagte, er sei gut für die Tulpen im nächsten Jahr.

Und was, wenn ihr ich wärt?, dachte der Jüngste. Wenn ihr ich wärt und jetzt rausgehen und eine Kuh melken müsstet? Wie würde einer, der nicht ich ist, es jetzt finden, ich zu sein? Diese löchrigen hohen Stiefel und diesen Mantel anzuziehen, auf dessen Ärmeln die Milch und die Kuhscheiße von gestern Nacht festgetrocknet ist, und in diese alten Handschuhe zu blasen, damit sie vorgewärmt werden? Und durch all den Schnee laufen zu müssen, sich mühselig einen Weg durch all den Schnee bahnen zu müssen, bloß um eine Kuh zu melken? Ich möchte mal wissen, was diese Leute wohl meinen, wie ich mich jetzt fühle.

Ski fahren

In Katalogen sahen die Jungs, was im Rest der Welt vor sich ging. Zum Beispiel wurde Ski gefahren. Man sah Leute auf hohen Hügeln, mit langen Skiern und breitem Lächeln, die sich vergnügten.

Das Einzige auf der Farm, das wie Skier aussah, waren Fassdauben. Schnee hatten sie ja schon, jede Menge, aber woher sollte man Skier nehmen? Sie sahen noch einmal in den Katalog und gingen dann wieder zu den Fassdauben. Sie befestigten in der Mitte Lederriemen für die Stiefel, und nun hatten die Fassdauben schon mehr Ähnlichkeit mit den Skiern im Katalog. Einer der Jungs probierte sie an. Er sah aus wie ein großer Schaukelstuhl, aber es war immerhin ein Anfang. Jetzt fehlte ihnen nur noch ein Hügel. Der größte, den sie finden konnten, bestand aus einer riesigen Schneewehe, und trotzdem war die Abfahrt furchtbar kurz. Also versuchten sie sich gegenseitig mit einem langen Seil zu ziehen. Die Zugmannschaft rannte, so schnell sie konnte, und bog dann seitlich ab, sodass der Skifahrer nach außen getragen wurde. Es war wie beim Peitschenspiel, und der Skifahrer kam ziemlich in Fahrt. Aber die, die ihn zogen, wurden zu schnell müde.

Es ist schwer, so schnell zu ziehen wie ein guter Hügel, fanden sie, aber da war ja noch der Traktor. Sie versuchten die Peitschenmethode mit dem Traktor, indem sie den Skifahrer im Kreis zogen, bis er nach außen getragen wurde, und dann ein Hinterrad blockierten, so dass der Traktor sich auf der Stelle drehte und der Skifahrer herumgewirbelt wurde wie ein Stein in der Art von Schleuder, mit der David Goliath getötet hatte.

Wer konnte sagen, wie schnell der Junge auf den Skiern am Ende des zwanzig Meter langen Seils war? Es war schneller als alles, was er bisher erlebt hatte, zu schnell, um das, was auf ihn zukam, zu sehen oder sich auch nur vorzustellen, zu schnell, um das Seil allzu lange festzuhalten, denn die Muskeln in seinen Händen und Armen verkrampften sich, hatten keine Kraft mehr und ließen los, und er schoss auf seinen Fassdauben dahin wie ein Stein, der über das Feld geschleudert wurde, und sprang dabei manchmal über die Schneewehen wie ein Stein auf dem Wasser.

Kein lächelnder Skifahrer auf irgendeinem Berg hatte eine solche Abfahrt! Das wussten die Jungs. Sie wussten, dass es wahrscheinlich auf der ganzen Welt keine Abfahrt gab, die es mit dem, was sie auf Fassdauben erlebten, aufnehmen konnte. Aber sie wussten auch, dass sie diesen Katalog brauchten. Zeig mal her. Zeig uns irgendeine Gegend, irgendwo, und wir fahren hin.

Vergiss das bloß nicht

Was würde schon passieren, wenn man eine Kuh an einem elend kalten Morgen nicht molk und sie einfach mit den anderen raustrieb, die so gut gemolken worden waren, dass ihre Euter wie leere Handschuhe aussahen?

Milchkühe müssen immer pünktlich gemolken werden – vergiss das bloß nicht. Das sagten sie immer.

Aber was, wenn wir es mal vergessen? Was würde dann eigentlich passieren? Und wer hatte überhaupt bestimmt, dass um halb sechs morgens und abends gemolken werden musste? Jede Wette, dass sich das keine Kuh ausgedacht hatte.

Die Kühe schliefen noch in ihren Boxen, wenn die Jungs an diesen kalten Wintermorgen hereinstolperten, zu einer Zeit, da die Sonne noch nicht mal aufgegangen war und ihnen auf dem Weg zum Kuhstall die Nasen einfroren. Hereinstolperten und erst einmal ein paar Minuten brauchten, um ihre Hände zwischen den Flanken und den Eutern der Kühe zu wärmen, die davon noch nicht mal aufwachten. Nicht mal kalte Hände konnten sie wecken. Nie im Leben hatte sich eine Kuh diese Melkzeit ausgedacht.

Was würde also passieren, wenn wir ein paar auslassen würden, sie einfach nicht melken und vielleicht einen Eimer Wasser in den Milchtank gießen würden, damit keiner merkt, dass es diesmal weniger Milch ist? Würde der Kuh das was ausmachen? Sie könnte dann wahrscheinlich weiterschlafen, anstatt aufzustehen und sich von einem kalten Melkgeschirr die Wärme aus dem Körper saugen zu lassen. Wahrscheinlich wärmte die Milch den Rest ihres Körpers, damit sie besser schlafen konnte.

Was würde eigentlich passieren, wenn wir einfach ein paar vergessen und mit den anderen raustreiben würden? Würde die Milch aus ihren Eutern tropfen wie aus vier lecken Wasserhähnen? Würden die Kühe sich im Schnee auf dem Rücken wälzen und wie ein Springbrunnen Milch spritzen? Oder würden sich ihre Zitzen in Eis am Stiel verwandeln?

Milchkühe müssen immer pünktlich gemolken werden – vergiss das bloß nicht.

Keine Sorge. Wer hat sich diesen Melkplan eigentlich ausgedacht? Eines Tages werden wir einfach mal ein paar vergessen und sehen, was passiert. Und ob es wirklich einen Unterschied macht.

Popcorn

Es kam ihnen nicht wie eine Nacht für Helden vor. Die Jungs hatten die Türen des Schweinestalls fest vor dem Schneesturm verschlossen, sodass man drinnen nicht merkte, wie schlimm es war, bis man die Finger im Handschuh bewegte oder zu schnell atmete. Und es wurde noch schlimmer – man konnte spüren, wie die Kälte von den Wänden herankroch. Wie sollten die Jungs bei diesem Wetter einen ganzen Wurf neugeborener Ferkel warm halten?

Sie standen hinter der liegenden Sau, so weit entfernt, dass sie sie nicht sehen konnte. Sie sollten dabeibleiben, bis sie alle Ferkel geworfen hatte, und dafür sorgen, dass jedes eine Zitze bekam und alles in Ordnung war, bevor sie wieder ins Haus kamen.

Die Sau hatte ein ziemlich gutes Nest gebaut und das Stroh ringsherum gut einen halben Meter hoch zusammengeschoben, als hätte sie gewusst, wie kalt es werden würde. Hier drinnen war es kälter, als die Erwachsenen dachten, und die Jungs wussten, dass die Ferkel in dieser schrecklichen Kälte mehr Hilfe brauchten, als ihnen ein Nest aus Stroh geben konnte. Sie taten, was sie konnten, und streiften jedes Mal, wenn ein Ferkel geboren wurde, die Handschuhe ab, sodass die Neugeborenen wenigstens ein bisschen Wärme von ihren Händen abbekamen, bevor die Kälte sie erwischte. Aber es war wirklich schlimm: Die Nachgeburt lag gefroren im Stroh, die Ferkel zitterten und kämpften um einen Platz in der Nähe der Sau und des bisschen Wärme, das sie noch verströmte. Wenn es so weiterging, würden ihnen ihre kleinen Schwänze abfrieren. Es waren kleine, verschrumpelte Häufchen, die sich an den dicken Bauch der Sau drängten, und ihre runzligen Körper sahen aus wie Maiskörner an einem großen Maiskolben.

Die gehen alle ein, sagte einer der Jungs, und dann sind wir schuld.

Sie wollten niemanden zu Hilfe holen. Sie hatten nicht vor, ins Haus zu rennen und zu schreien, die Ferkel seien dabei zu erfrieren und sie wüssten nicht, was sie tun sollten. Stattdessen nahmen sie einen großen Metallbehälter mit Henkeln aus Seil, polsterten ihn mit Stroh, legten, bevor die Sau wusste, was los war, die Ferkel hinein und rannten damit durch den Schneesturm zum Haus. Dort stellten sie den Korb auf den Ofen und öffneten die Luftklappe. Die Ferkel lagen zitternd auf dem Boden des Korbs. Vielleicht war es schon zu spät. Vielleicht hatte die Kälte den Ferkeln schon alles Leben aus dem Leib gefroren.

Doch die Erwachsenen sagten, das sei eine gute Idee und die Jungs sollten sich keine Sorgen machen. Sie könnten jetzt ins Bett gehen. Doch kaum hatten sie das getan, da hörten sie diese Klick-Klack-Geräusche aus der Küche.

Popcorn!, rief einer der Jungs, und schon rannten sie hinunter. Doch es waren bloß die Füße der neugeborenen Ferkel, die an die Wand des Behälters schlugen. Ihnen wurde wärmer, und zwar ziemlich schnell.

Das ist nicht fair!, rief einer der Jungs. Wir haben gedacht, ihr macht Popcorn.

Jetzt taten die Jungs den Erwachsenen Leid. Sie setzten die jetzt ganz schön lebendigen kleinen Schweine auf den Boden und machten einen Topf Popcorn, groß genug für alle.

Die Sache mit der Zunge

Es war eins von den Dingen, die alle Jungs wussten: Wenn es friert, geht man nicht mit der Zunge an etwas aus Metall. Wenn man das tut, reißt man sich die Haut von der Zunge, das weiß jeder. Und wenn du dir nicht die Haut von der Zunge reißen willst, musst du da stehen bleiben, den Kopf an das Metall geklebt, und aussehen wie ein Specht, dessen Schnabel in einem geteerten Dach stecken geblieben ist. Oder schlimmer. Und wer würde schon einem helfen, dessen Zunge an einem Türknopf oder einer Milchkanne klebt? Ganz egal, wie weh das tat – sie würden alle lachen, so wie sie lachten, wenn man einen Finger in die Mausefalle gesteckt oder auf einen elektrischen Zaun gepinkelt hatte.

Jeder wusste, wie dumm es war, mit der Zunge kaltes Metall zu berühren. Darum wartete der Junge, bis er allein war. Er wusste, dass die meisten dieser Geschichten nie so schlimm waren, wie die Leute behaupteten. Es waren Geschichten, die sich die Leute bloß ausdachten, um Kindern Angst zu machen. Er wartete, bis er allein war, und beugte sich dann langsam hinunter zum Schloss der Schweinestalltür. Er würde es bloß mit der äußersten Zungenspitze berühren, es prüfen, wie er das Badewasser mit dem großen Zeh prüfte. Er berührte das Schloss kaum, und es blieb nur ein kleiner Eispunkt auf dem Metall zurück. Seine Zunge war ganz in Ordnung, genau wie er vermutet hatte. Er sammelte etwas mehr Spucke und fuhr mit weit herausgestreckter Zunge über das Schloss, wie ein Hund, der an einer Eiswaffel leckt.

Er hatte einen großen, ungefährlichen Lecker machen wollen, aber das Metall packte seine Zunge. Es war so schnell. So schnell wie eine Mausefalle, wie ein Bienenstich hatte das Schloss seine Zunge fest in den Griff genommen. Er versuchte sich langsam aufzurichten und erwartete, dass die Zunge sich schnalzend lösen werde, mit einer dünnen Eisschicht, die in seinem Mund schmelzen würde. Aber sie löste sich nicht. Beim Aufrichten fühlte sie sich an wie seine Kopfhaut, wenn jemand langsam an seinen Haaren zog. Und wenn er ruckartig hochfuhr, würde er sich wahrscheinlich nicht bloß die Haut, sondern die ganze Zunge abreißen.

Wenn er die Zunge still hielt, tat sie nicht sehr weh, aber es war wirklich kalt. So kalt, dass es sich heiß anfühlte. Er versuchte, ein paar Worte zu sagen, nur um zu sehen, ob er es konnte, für den Fall, dass er um Hilfe rufen musste – obwohl jeder, der ihn sah, stehen bleiben und lachen würde, bis er sich die halbe Zunge ausgerissen hätte. Das Beste, was er zustande brachte, war ein langes, gehauchtes Ahhh. Ihm gelang auch ein anderes Geräusch, das mehr durch die Nase kam, aber das klang so sehr nach dem Quieken eines Schweins, dass es niemanden auf ihn aufmerksam machen würde. Aus der Richtung des Schweinestalls erwartete niemand etwas anderes als Schweinegeräusche.

Der Junge begann sich zu entspannen. Ganz gleich, was geschah – das hier war die Sache wert. Hier zu sein, mit der Zunge an den Schweinestall geklebt zu sein, war etwas, das nur er fertig bringen konnte. Es war ganz allein sein Kunststück. Nur er wusste, was passierte, wenn man mit der Zunge kaltes Metall berührte. Alle anderen konnten es bloß vermuten.

Anstatt zu ziehen, beugte er sich weiter hinunter und drückte seine Zunge und auch seine Lippen fester auf das Schloss, sodass sie festfroren. Er blies, saugte und sabberte, und so kam er wieder frei.

Er trat zurück und sah, dass auf dem Schloss nur ein gefrorener Spuckefleck zurückgeblieben war. Er strich mit den Fingern über sein Gesicht, berührte die kalte Zunge und freute sich noch immer über das, was er getan hatte. Weder wünschte er sich, vor einem lachenden Publikum zu stehen, noch bedauerte er, dass er nicht dort stand.

Fortschritt

Alles wurde moderner. Ein großer Kühlschrank auf der Veranda, in den ein halbes Rind und zwei Schweine passten und außerdem ein Haufen Zuckermais und so viel Rhabarber, dass es für spitze Münder bis zum Frühjahr reichte. Licht mitten in der Nacht, manchmal an Stellen, wo man es am wenigsten erwartete und vielleicht gar nicht haben wollte. Hinter der Scheune zum Beispiel. Aber daran hatten die Jungs sich gewöhnt. Das gab es ja schon seit ein paar Jahren.

Erzähl uns nichts von Fortschritt, sagten sie zum Großvater. Kennen wir nämlich.

Ihr habt keine Ahnung, sagte er. Ihr Jungs habt keine Ahnung. Ich hab gesehen, wie ein Mann verrückt geworden ist, weil es so viele Moskitos gab. Sie sahen aus wie eine Wolke, und er war mittendrin. Er ist einfach verrückt geworden. Und ich hab gesehen, wie Frauen im Frühling aus ihren Grassodenhäusern kamen, um die Füllung in ihren Maisstrohmatratzen zu wechseln, und die Mäuse sind herausgepurzelt wie Kartoffeln aus einem Eimer. Ihr glaubt, ihr wisst, was Fortschritt ist? Ich kann euch sagen, damals wollten wir Fortschritt, und zwar dringend. Fortschritt war Rattengift und DDT. Fortschritt war alles, was das Zeug umbrachte, das einem das Leben zur Mühsal machte. Das war Fortschritt.

Die Jungs dachten darüber nach. Unkrautspray gegen Disteln, die man früher mit einem kleinen Spaten hatte ausgraben müssen. Läuse-Shampoo, damit man sich nicht mehr stundenlang von anderen die Nissen aus dem Haar klauben lassen musste. Giftmais gegen Taschenratten, die sie früher für lausige zehn Cents pro aufgedunsenes Exemplar aus ihren Löchern gespült hatten.

Die Jungs sahen, was der Großvater meinte. Aber sie fühlten sich allesamt ein bisschen trübselig, da draußen am Rand des Wäldchens, als er ihnen zeigte, welche Pilze man essen konnte.

Irgendwas geht heutzutage zu schnell, sagte der Großvater. Ich bin nicht sicher, ob in dem Sumpf da so viel Mühsal war, dass man ihn aufpflügen musste.

Der Sumpf war erst seit ein paar Monaten verschwunden, und schon sah es so aus, als habe sich alles verändert.

Was war aus den Fröschen und Glühwürmchen geworden, die sie früher immer gefangen hatten? In diesem Jahr war die Drainageleitung gelegt worden. Den Sumpf gab es nicht mehr, der Bach floss gerade wie ein Reißverschluss zwischen den Feldern, und all die kleinen Tiere waren innerhalb von zwei Monaten verschwunden. Was war mit den Krebsen und Vipern und den großen Käfern und den Sumpfgeistern und all den Libellen passiert, die sie gefangen hatten, mit den Hunderten von Junikäfern, die im Mai gegen ihre Fenster geflogen waren, mit den Dachsen, die ihre Bauten im alten Bachbett gehabt hatten, mit der Eule, die sie in der Weide im Sumpf gesehen hatten, mit den Bisamratten, nach denen sie mit Steinen geworfen hatten? Das war noch nicht mal ein Jahr her. Der Fortschritt war so schnell gekommen, dass sie kaum Gelegenheit gehabt hatten zu sehen, wie mühselig das Leben mit all diesen Wesen eigentlich sein konnte. Der Fortschritt, fanden sie, hätte ihnen wenigstens ein paar

Krümel Mühsal übrig lassen können, damit sie zu würdigen wussten, was sie verloren.

Zu schnell, sagte der Großvater. Wer hätte gedacht, dass ein Pflug und eine Drainageleitung Rattengift und DDT aussehen lassen können wie Kinkerlitzchen?

Der Großvater

Der Großvater starb an Krebs. Er saß den ganzen Tag in seinem Schaukelstuhl und hielt sich an der Armlehne fest. Wenn er versuchte aufzustehen oder sich zur falschen Seite beugte, schrie er.

Die Jungs besuchten ihn samstags. Sie konnten gar nicht glauben, dass jemand so starke Schmerzen haben konnte. Wenn er zu laut schrie, gingen sie in die Küche und warteten, bis er aufhörte. Wenn er das nicht tat, machte einer von ihnen leise die Geräusche des Großvaters nach, und die anderen kicherten. Doch sie passten sehr auf, dass er sie nicht hörte, auch wenn er die Schmerzen vielleicht bloß vortäuschte, um ihr Mitleid zu erregen.

Mit jedem Besuch wurde das Verhalten des Großvaters sonderbarer. Einmal bat er sie, einen Flaschenzug an der Decke zu befestigen, den Haken in seine Nase zu hängen und ihn aus dem Schaukelstuhl zu hieven. Ein anderes Mal schrie er: Ich muss scheißen! Aber die Erwachsenen schlossen die Fenster und sagten: Das kann gar nicht sein – du hast ja nichts gegessen.

Als der Frühling kam, sagte er: Ich werde sterben, bevor die Hitze kommt. Er wollte im Bett bleiben und dass es im Haus ruhig war. Er bat die Jungs, in sein Schlafzimmer zu kommen und ihm die Hand zu geben, aber die Berührung ließ ihn so laut schreien, dass sie schnell in die Küche gingen.

Dann baute eine Trauertaube ihr Nest im Baum vor seinem Fenster. Ihr Gurren weckte ihn aus seinem unruhigen Schlaf. Er verfluchte den Vogel mit dumpfer Stimme.

Beim nächsten Besuch brachten die Jungs ihr Luftgewehr mit. Einer kletterte auf den Baum, in dem die Trauertaube nistete. Ihr Schnabel ragte über den Nestrand. Der Junge schoss die Taube in die Kehle, und sie fiel wild flatternd zu Boden. Während die Taube im Gras flatterte und blutete, warf der Junge den anderen die Eier zu, damit sie sie zerbrachen.

Die Jungs brachten den toten Vogel ins Haus und zeigten ihn dem Großvater. Sie streckten ihm die Arme entgegen, und jeder von ihnen hielt ein Stück Flügel zwischen den Fingern, damit er sah, dass es ein Geschenk von ihnen allen war.

Inhalt

Carlos Castán
Gern ein Rebell
Erzählungen, 176 Seiten
ISBN 3-312-00274-5

«Ich wäre gern ein Rebell gewesen, der immer die
Füße auf den Tisch legt und obszöne T-Shirts trägt,
hätte gerne Stiefel gehabt, die ganz staubig sind vom
vielen Laufen, und Lippen, die ganz rau sind vom
vielen Küssen.»

«*Gern ein Rebell* ist ein Buch, das von der besitz-
ergreifenden Liebe spricht, vom Leben als Desaster,
von der Einsamkeit, von der Sehnsucht. Heraus-
gekommen ist großartige Literatur.»
Babelia

Kate Jennings
Bist du glücklich?
Roman, 192 Seiten
ISBN 3-312-00271-0

Kaum sind die Ringe getauscht, wird Irene klar, dass
sie ihren Mann verachtet. Und bald will sie nur noch
eins: raus aus diesem australischen Drecknest mit
dem ironischen Namen *Progress*, in dem die Prüderie
regiert und eine Frau nur ein weiteres Nutztier unter
anderen Schafen ist. Ihr Mann Rex versteht die Welt
nicht mehr und schon gar nicht seine Frau. Die Ehe
scheint ausweglos. Fast.

«Die Leser werden glücklich sein, eine Autorin wie
Kate Jennings kennen zu lernen.»
New York Times Book Review

Christine Falkenland
Mein Schatten
Roman, 160 Seiten
ISBN 3-312-00263-X

Als junges Mädchen war Rakel von einem Baum
gestürzt. Wie anders wäre ihr Leben verlaufen ohne
die hässliche Narbe im Gesicht und den
verkrüppelten Fuß.
Die Lebensbeichte einer gezeichneten Frau: ein Spiel
zwischen Gut und Böse, geschrieben in einer aus-
drucksstarken, raffiniert einfachen Sprache.

«Eine ernsthafte Seelenqual, ein verzweifeltes Sehnen
nach Liebe wächst in Falkenlands präzis formulierter
Prosa ... Es ist ergreifend ... Falkenland
ist ohne Zweifel eine der stärksten und charakteris-
tischsten Stimmen dieses Jahrzehnts.»
Östgöta Correspondenten

René Appel
Tod am Leuchtturm
Roman, 368 Seiten
ISBN 3-312-00261-3

Eine holländische Kleinstadt nach dem Krieg: eine
Clique von Jugendlichen versucht, der politischen
und privaten Enge um jeden Preis zu entfliehen. Fast
fünfzig Jahre später will Peter van Galen wissen, was
damals am Leuchtturm wirklich geschah. Ein starker
Spannungsbogen verbindet Vergangenheit und
Gegenwart in diesem raffiniert gebauten Roman.

«René Appel schreibt Thriller, die mehr sind als
spannende Geschichten. Wenn es so etwas wie einen
‹literarischen Kriminalroman› gibt, dann liegt der
Nachdruck hier auf dem ‹literarischen›.»
Johan Diepstraten in *De Stem*

N&K